长江生态保护基金会
CCF
CHANGJIANG CONSERVATION FOUNDATION

渔民驿站

——白水港渔村纪实

林德元 著

江西高校出版社
JIANGXI UNIVERSITIES AND COLLEGES PRESS

图书在版编目(CIP)数据

渔民驿站:白水港渔村纪实/林德元著.--南昌:江西高校出版社,2022.8 (2024.9重印)
ISBN 978-7-5762-3209-7

Ⅰ.①渔… Ⅱ.①林… Ⅲ.①报告文学—中国—当代 Ⅳ.①I25

中国版本图书馆CIP数据核字(2022)第148007号

出版发行	江西高校出版社
社址	江西省南昌市洪都北大道96号
总编室电话	(0791)88504319
销售电话	(0791)88522516
网址	www.juacp.com
印刷	固安兰星球彩色印刷有限公司
经销	全国新华书店
开本	700mm×1000mm 1/16
印张	13.5
字数	160千字
版次	2022年8月第1版
	2024年9月第2次印刷
书号	ISBN 978-7-5762-3209-7
定价	49.00元

赣版权登字-07-2022-961

目　录

CONTENTS

引　子

六百多年前，有一支向西迁徙的队伍，由数以万计的渔民和农民家庭组成，在朝廷的强制措施下，组成浩浩荡荡的迁徙大军，从江西鄱阳湖四周的岸边出发，向着山路险峻的遥远的蜀中平原进发。他们把家乡——迁徙的故地叫作瓦屑坝，把自己比作西去的大雁，把遥远的蜀地比作人间天堂，拖家带口地行走在并不太平的山河之间……

没有人关心他们此去的命运，漫漫长路为他们开启了生存的大门，也随时为他们敞开地狱的偏门，青山处处掩埋着因饥饿而死亡的躯体，客死他乡是他们最后的归宿。活着能喘气的人们，不得不继续西行的脚步，越关山险隘，闯江河激流，把生他养他的家乡远远地抛在身后。

这支队伍，最后能幸存下来的人，在蜀中的山川平原间，各自走散，自由组合成一个个小村庄，成为祖籍江西的蜀人。

后来，在这些江西籍的蜀人中，又有一些人因不满战乱兵火、苛捐重赋，而离开四川忠州（今重庆忠县），一路顺长江而下，逐水草而居，从四川来到了湖北境内的宜都，在长江南岸人烟稀少、水草肥美的地方，停止了跋涉的脚步，开始了耕种和渔猎的半原始生活。

岁月更迭，这些外来者，得天地阳光的滋润，繁衍出一辈又一辈的子孙后代，在长江南岸荒无人烟的土地上，形成了一个个人丁兴旺的大渔村。

我要写的这部书，可以算是为这些渔民立传，但要从一个现代的渔民驿站开始写起。

第一章

渔民驿站里的渔猎文化

湖北省长江生态保护基金会组织了一场特别的观摩活动，在基金会副理事长王利民的带领下，二十多人赶到一个叫白水港的渔村，去看那里的渔民驿站。

渔民驿站是一个挺新潮的名词，和古代的兵马驿站意义不一样，是伴随长江十年禁捕而出现的新鲜事物。

古代的驿站是专供传递朝廷文书的人在中途更换马匹或者休息、住宿的场所，是官办的宾馆和饭店，里面住着很多邮差，养着很多快马，相当于现在的菜鸟驿站和客运站。他们把宫廷的文书和密件背在身上，一站一站地传递到千里之外。

那现在我们要去观看的渔民驿站，到底是个什么样子呢？它和想象中的古代兵马驿站相同吗？

我们乘坐的商务车驶出了宜昌市，沿着长江南岸的高速公路，向着宜都市枝城镇的白水港飞驰。沿途的标牌都写着和《三国演义》有关的名称和名字，陆逊的名字出现的次数是最多的。

当地的文友介绍说，当年陆逊就是在这里统领百万大军的，他被孙权任命为宜都太守，拜抚边将军，封华亭侯。他指挥的吴军所向披靡，势如破竹，占领了秭归、枝江、夷道（今属湖北宜都），守住了峡口，堵住了关羽退回益州的大门，令关羽进退维谷，走投无路，疲于奔命。最后，这位当年气盖山河、过五关斩六将的关云长，竟然被陆逊设计擒获并斩首。一代绝世枭雄关羽，万万没想到被陆逊小儿给杀了，这成为历史上一个千古笑话。

关羽死后，哥哥刘备为了桃园三结义的兄弟，竟然出兵夷陵，要砍下陆逊的头颅为弟弟报仇。陆逊不怕死，率领五万人誓死抵抗蜀汉军，他摸着自己的头笑着对手下们说，我陆逊的头不能随便取，得花大价钱，搞不好还能取到刘备的脑袋。我们不是已经拿到了关羽的头了吗？再取个大人物的头有何难？

当刘备率领的四万蜀军进攻巫山和秭归时，陆逊采取主动后撤、诱敌深入、集中兵力、相机破敌的战略战术，把数百里峡谷山地暂借给刘备，以使蜀军战线拉长，从中露出破绽。刘备虽然当上了蜀国皇帝，但骨子里还是一个编席子卖草鞋的，他哪知道诱敌深入的危险，还以为是自己的天威吓跑了陆逊小儿呢。

因时至盛夏，暑热难耐，兵疲意懈，加上陆逊调兵有方，坚守营盘，不与刘备硬碰硬，致使求胜心切、巴望着早日割了陆逊首级给兄弟报仇的刘备无法速战速决。

待到时机成熟，陆逊适时转入反攻，命水军封锁长江，将蜀军分割于大江东西，逐个击破，并火烧连营四十余寨，蜀汉军死伤惨重，刘备落荒而逃，屁股都差点烧掉了半边。

最妙的是这个故事的结尾：刘备被陆逊打败后，惭愧得要死，感叹道："我竟受到陆逊的侮辱，岂非天意啊？"

他不检讨自己无能，反而归咎于苍天不公平，没让他打胜仗。要是换了别人,早被诸葛亮斩了。

但刘备是个厚脸皮的人,没过两个月,听说魏国要攻打吴国,刘备幸灾乐祸,写信给陆逊说:“贼兵已经在江陵了,我也准备再东征,将军还能行吗?”

陆逊讥讽中带着强硬的语气给刘备回信说:“你恐怕旧伤未愈,没有时间兴兵吧?你应该跟我们的君主通好才对。如果不听我的劝告再率大军前来,这次我不会让一个人存活性命!”

没有后续信件往来。刘备只能摸着烧伤的屁股,感叹自己不是陆逊的对手。他躲着众将,偷偷把陆逊的来信给撕了。

文友的讲述,引起了一阵阵笑声。其实我们走过的地方,就是当年陆逊的大军追着刘备跑的山间小道,只不过当年的小道现在已经是高速公路了。

初秋的阳光和夏天的阳光一样灼热,在长江南岸晒得土地滚烫。

白水港渔村展现在我们眼前的时候,没有人相信这是一个渔民居住的地方,都以为这是一个集镇。村中间有一条黑色的柏油马路,路两边是造型各不相同的楼房,叫它们别墅一点都不夸张,它们就是设计得时髦的现代别墅。虽然有的楼房有些年头了,但楼房的外墙粉刷得干净、素洁,看不出残破颓废的样子。

这是一个让人见了就喜欢的大村庄。除了长江上的风送来的岸边花草的淡淡清香,村庄里已经闻不到渔村特有的臭鱼烂虾的味道,也看不到挂在门前晾晒的一张张渔网。渔家女子坐在矮凳上织渔网的情景没有了,渔家汉子背着鱼篓、打着赤脚走在村路上的情景不见了,场地上,老婆婆在篾折子上翻晒鱼干的情景也看不到了,只有一辆辆小汽车在村路上东来西往地行驶,只听见老人们围在一起玩牌的欢笑声。村子已经没有了渔村的原本面貌,如今和别的新农村一样让人喜欢。

白水港村村委会的办公楼在村庄的中间,渔民驿站在村委会大楼的后面。一幢长条形的平房,一半做了“渔民驿站”,一半做了“白水渔村陈列室”。就是这么一个不显眼的地方,成了宜都市科普教育基地。

陈列室里东西很丰富,屋子中间停放着一条旧渔船。这条船有66年历史了,船体透着桐油浸润后显示出的金黄色和黑色,散发着幽幽的光亮。船上的雨棚和两支船桨都是黑色的,边边角角都被磨损得毛毛糙糙的。挂在船两边撑杆上的渔网、渔钩都有很长的历史,它们像渔船上挂着的装饰品。因没有风吹进来,全部安静地挂在那里,像古书一样没有人去翻阅。船舱里的物件依原样摆放着,就差主人来船上生火煮饭了。

木牌上写着:该渔船于1955年建成下水,最初是篷帆风力和双桨驱动行驶,为连家渔船,八十年代自行改装成人力和机械两用渔船。船长8.4米,型宽1.5米,深0.6米。

该渔船伴随主人在长江上航行了六十多年,颠簸了六十多年,捕获了多少鲜鱼?用坏了多少渔钩、渔网?真的是无法统计啊!就连翻过多少次船,也没有人去统计。在长江上打鱼的渔船,遇到江流湍急或者大客轮犁出的巨浪推搡,不翻船是极幸运的,翻了船没出人命就更是幸运了。之前村里有很多渔民掉入江中淹死了,这是最痛苦的事,只是没有人去回忆罢了。

驾驶这条渔船的主人已经死去多年,连主人的儿子现在也华发盖顶。本来这条船也和别的渔船一样要被拆除(长江十年禁捕,已经让它们结束了自己的捕鱼使命),但村镇领导念及它年岁久远、船体美观、保存完好,就特意保留了下来,把它作为一件古董留给人们观瞻。

在陈列室的四面墙上,有三面是图文并茂的渔民文化介绍,展示了六个方面的内容,有历史的,有现实的;有苦难的过去,也有美好的现在。从这些图文介绍中,参观的人们能全面了解白水港渔村的演变。

在另一面墙上，则挂满了渔民捕鱼时使用的十八般兵器，有各种各样的渔网、渔钩，有织网时用的大小竹针，有斗笠、蓑衣，甚至还有织麻线的纺车。要了解渔民的一切，在这里都找得到。

在这里，我们见到了两个人，一个是白水港渔村的党总支书记兼村主任，叫李春梅，她给大家当起了解说员。她四十多岁，穿着淡色调的衬衫，左手腕上戴着一只普通的玉镯子，说起话来不慌不忙。在村里的文艺表演照片上，她指着一身华服盛装的自己给我们看，很是骄傲和自豪。她跟着村里的中青年女子跳欢乐的舞蹈，也自创自编自演小品，她一直活跃在村里欢天喜地的氛围里。

另一个人格外引人注意。他皮肤白皙，戴着新草帽，跟在我们的参观队伍里，不说话，只是笑。有人跟他合影，他就正了正草帽，配合人家照相。这种亲切感，让人立马对他熟悉了三分。后来才知道，他叫刘义，原来是白水港渔村的党总支委员、村治保主任，现在已经退休了。

就是这两个人，为我们翻开了白水港渔村的历史。

李春梅翻开的是渔村的现代史。

刘义，则翻开了渔村的历史。

他搬出了《刘氏宗谱》，把白水港渔村的始祖——太公介绍给大家听。那是好几百年前的故事，非常吸引人。

第二章

《刘氏宗谱》里的渔民演义

参观完渔民驿站之后，王利民理事长带着观摩的队伍回宜昌去了，独留下我在白水港渔村采访。

在午后斜阳的映照下，刘义听说我要留在村里采访创作，便搬出了一本厚厚的《刘氏宗谱》，一页页地翻开，讲解着白水港村渔民的来历。

白水港渔村现有2000多人，百分之七十的人姓刘，百分之二十多的人姓郑、姓鲁。刘姓在村子里虽是大姓，却不是最早来到白水港的姓氏。

明朝洪武元年，也就是在1368年的时候，刘氏昌后公带着全家人，从四川忠州登上小渔船，顺着滚滚长江水漂流而下，到达宜都清江埠的地盘上，将破船停靠岸边，终于开始了以捕捞为生的日子。

长江丰富的渔业资源，养活了一代又一代的刘氏子孙。在清江埠安居乐业的二百七十余年光阴里，刘氏渔民沿袭着祖辈的捕捞方式，过着桃花源式的生活，没有了祖辈们不断寻求活路、寻找幸福生活的艰辛，日子过得平静而安逸。

直到清朝顺治元年，也就是1644年的时候，改朝换代的社会动荡，使清江埠的渔民们在这里再也待不下去了。强悍的清军从北方草原挥师南下，李自成率领的农民军攻占了明朝的国都,宣告了大明帝国的覆灭。清军和农民军在争夺明朝天下的时候,神州大地到处杀声震天,尸横遍野。老百姓无家可归,只能狂奔逃命。

以刘华卿为首的刘氏家人,在战争的恐慌中逃离家园,奔向湖泊深处的一片沼泽地。这片沼泽地是水乡泽国,沼泽密布,任何动物陷入泥沼都无法自救,所以此处并不适合人类居住。

湖泊里,比人高的芦苇肆意生长,一眼望不到边际。只要进入了芦苇荡,漫天的芦苇就成了天然的屏障,渔家撑着船儿在里面快活地捕鱼。清军和农民起义军,都不敢进入芦苇荡开杀戒,因为沼泽和芦苇会让他们有去无回。

这片沼泽地,有个古老的名字,叫西湖。它是长江南岸在湖北省境内开汉的一个浅水湖泊,北与夷陵交界,南及白水港,东与枝江为界,方圆百余里,是鱼和水鸟的自由世界。地广人稀的年代,少有人来到这片死亡之地生存繁衍,只有逃避兵灾的人才敢闯进去,把生命交给大自然安排。

西湖和长江相连的唯一通道,是几十公里长的白水港。

就是弯弯曲曲的白水港,将刘华卿和他的子孙们领进了死亡之地。但他们奇迹般地生存了下来,历经二世祖刘行之、三世祖刘選、四世祖刘鑑、五世祖刘应龙、六世祖刘贵的传承,形成了白水港世系,一直沿袭到数百年后的现在。

在《刘氏宗谱》中有一段话,记录了刘姓人的典型特征:

“刘氏族人以长江、清江为生命线,以捕捞为生,喝长江水,吃岸边粮。在长期的捕捞生活中,爱交朋友,酷爱饮酒,尽管没有田产家业,但他们依然勤劳朴实,性格豪爽,风趣幽默,真诚待人,乐观面对生活。”

在白水港渔村采访时,有老渔民向我描述他们的生活状态,和《刘氏宗谱》里描述的情况相同，证明长江渔民的生活有自己的特色。在每年春节到来的时候，近百只渔船浩浩荡荡，从长江的上游和下游回到白水港，一一靠岸停泊。船舷靠着船舷，在微风细浪中各自摇摆着，欢迎主人带着一年的辛劳回家，回到岸上度过美好的节日。

此时的白水港渔村是最热闹的。在长江上辛辛苦苦打了一年鱼的渔民们，无论是老舵手还是小伙计，无论是大人还是小孩，都在村里面寻找着合适的玩伴玩耍。平日里空空荡荡的渔家村庄，突然之间有了无比热闹的气氛。

村里年轻的男人们，最爱舞彩龙、耍狮子，他们用饱满的力气，把彩龙和狮子玩得虎虎生风。

村里年轻的姑娘们，最喜欢玩龙灯、划彩船、踩高跷，唱着渔歌，跳着有渔家特色的舞，欢庆着过去一年的收成，祈求来年的好运气。

这些长龙和狮子、龙灯和花船，我在渔民驿站的库房里见过，它们此时静静地安放在那里，回忆着半年前春节期间的热闹场景，期待着半年后春节的到来。

这时是农历七月，天气还很炎热，白水港渔村的年轻人都到各个城市的工厂打工挣钱去了。受十年禁捕的国家政策影响，他们由渔民转变成了城市里的打工者。他们要等到半年后的春节，才能背着大包小包回到村里来，再次舞起长龙和狮子，耍起花灯和彩船，庆贺这个美好的节日。

不过，还有一个节日，是要村里的年轻小伙子们赶回家的，那就是端午节。白水港渔村很久以前就有划龙舟比赛的传统，那是渔家人狂欢的节日，已有数百年的历史。

在端午节来临之前，族人们会挑选一批精壮的劳力，让他们在长江上划龙舟，练习几日后再赴宜都、枝城参加龙舟比赛，地点就在他们每日打鱼的长江。鼓声震撼的江面上,一条条龙舟破浪前行,江岸边无数的老少族人在呐喊助威……

这就是白水港渔村人一直保留的习俗,仅在日本侵略中国的那些年月里停止过。

在《刘氏宗谱》里,有一段文字介绍让人看着心酸:由于长期的水上生活,受环境所迫,刘氏族人读书者很少,因为没有文化,常被人欺负。

这可能是历代白水港渔民的真实写照,学知识、学文化只是一种奢望,因为晃动的渔船上没有私塾、学堂。

长江上的渔民,以前世世代代被人瞧不起,有的地方称渔民为渔花子。他们走到哪里都有一股鱼腥味,衣服破破烂烂,皮肤黝黑,因此被人贬称"黑人",好像一出世就被命运打上了黑色的胎记。

直到白水港刘姓七世祖这一代,出了一个叫刘正潮的人。他一门心思想改变渔民悲惨的命运。他在打鱼之余,开始琢磨子女要不要读书,到哪里去读书,家里能不能供得起孩子读书的问题。

他有四个儿子,都到了上学读书的年龄,却都不认识字。拿了鱼到集市上去卖,连账都算不清楚,因此他常常被刁钻的人欺负。明明是别人故意算错钱,但他算不过人家,只能吃哑巴亏。

每次卖完鱼回到船上,他都想着,一定要让孩子们读书,哪怕只有一个孩子读书也好啊!他就认准了一个理:渔民不想受人欺负,不想被人瞧不起,唯一的路就是读书。

于是,他在生活十分艰难的情况下,克服家贫子女多、负担重的困难,决定让长子、次子、三子跟随自己打鱼,让最小也最聪明的四子刘仕义上岸读书。他算了很多账,只要一家人齐努力,多打鱼,多卖钱,加上省吃俭用,供刘仕义读书应该没问题。如果刘仕义读书有出息了,今后他就可以当家里的账房先生了。

就这样，刘正潮把刘仕义送上了岸，到远处村庄的私塾里交了学费，让刘仕义拜了先生，开始刻苦地学习。

刘仕义深知读书的机会来之不易，哪怕有一丝懈怠都觉得愧对父兄，所以在学习上十分刻苦用功，达到了头悬梁锥刺股的地步。他把先生教过的课文都熟记于心，勤学苦思，学业日有长进。

经过多年的努力学习，刘仕义果然不负众望，展示了自己的才华。有一次，刘氏家族在与他人打一桩官司，他用自己所学写了一份严谨清晰的诉状，并在法堂上据理陈述，刚正不阿，让端坐法堂之上的县官老爷和师爷都惊讶不已。他们怎么也不相信，渔花子中竟然有如此能言善辩之人，简直是滴水不漏、无法辩驳。

官司的结果是，世代都是渔花子的刘氏族人，第一次打赢了官司！

这一下，大长了刘氏族人的志气，狠狠地灭了那些对手的威风！同时，人们看到了读书学知识的好处：原来，读了书的人可以保护自己，还可以保护族人，维护正义和良知！

此风一开，书香自来。从此读书求知成了刘氏族人追求真理、改变命运和地位的至高选择。渔花子家的小孩都争相读书识字，期待打开知识的大门。

令人不可思议的是，九世祖刘大仁在清朝末年竟然高中举人，光耀门楣。他中举后，本该官服加身，服务朝廷，可是他却坚辞不受，回到家乡——渔村，以教书育人为乐，以振兴实业为己任。

作为刘氏族人中第一个学有所成、造福乡梓的文化人，刘大仁（字佩之，又叫刘起佩）治学严谨，教学有方。他教过的学生中，有不少成了当时的社会名流，在宜都、枝江乃至宜昌其他地方都有影响力。他还开办了“和生祥”

榨油厂、酿酒厂，用厂里的利润补贴学校的教育经费，使贫困人家的孩子都能读得起书、上得了学。用现在的话说，刘大仁是一位大教育家、大企业家，更是一名慈善家。

另外，据《枝城市交通志》记载：在民国初年，刘起佩还和陈古轩、李镜如联合投资，开办了宜昌至沙市的长江航运公司，组建了“日新”“鼎新”“裕新”“绥远”号轮船客运公司，每日在沙市至宜昌的长江上对开，在沿途码头停靠，极大地方便了长江沿岸百姓出行。

这在当时的长江水面上，形成了一道美丽的风景。汽笛鸣响着悠长的声音，在风中传得很远很远；巨大的烟囱，向天空吐着黑色的烟柱，最终和云雾连接在一起；船首犁着江中的波涛，江面上翻起白色的浪花，将小小的渔船推搡得前后摇晃……那是一种壮阔的气势，让人看着心潮澎湃！

这样的景象维持了多年，直到抗日战争爆发，长江被迫停航。轮船公司一共营运了三十年，为促进民族工业和长江航运的发展做出了极大的贡献，后来成为长江沿岸百姓口口相传的佳话。

人到晚年的刘起佩老先生，目睹祖国山河破碎、日寇疯狂、生灵涂炭、民不聊生的情景，悲愤地写下一首五言八韵抒怀：

瘦削青如此，岚浮水半湾。
尖皴烟外铁，倒映雨中山。
剑气迷离际，金光荡漾间。
横江添一锁，列岫截双鬟。
沙戟沉生锈，苔纹润欲斑。
峰高天铸错，崖古路回环。
练向银涛洗，帆从峭壁还。
飞腾龙化去，古色尚斑斓。

老人写罢，掷笔而去，从此退隐百里湖泊、芦苇深丛，做了一柄生锈的剑、一条飞腾的龙。只待时机成熟，他便老夫聊发少年狂，磨利手中的宝剑，驾起飞腾的巨龙，横江一锁，斩杀占领国土的日本侵略者。

当时有人评价说：此诗赋得水上青山如削铁，端庄杂流利，刚健含婀娜！

在《刘氏宗谱》里，记载了很多像刘起佩这样充满正能量的人物。这些反映白水港刘氏祖先追求梦想、励志图强的故事，为我们全面了解白水港渔村的古往今来起到了很好的作用。

第三章

白水港的三百万年时光

在白水港渔村采访期间，我曾请村里的一位老渔民带我去欣赏白水港的风景，我想看看自然环境下的白水港是如何存在的？为什么当地的渔民说到白水港就眉飞色舞，甚至充满了敬畏之心？它的神奇之处在哪儿？水港的灵魂在哪儿？我相信大自然的每一种物质都是有灵魂的。

老渔民姓刘，身材瘦瘦的，戴着一副老花眼镜，正侧躺在家里厅堂的红木沙发上睡早觉。渔民们都有睡早觉的习惯，历来都是如此。渔民们在前一天下午到湖里江里去放渔网和渔钩，第二天大清早要驾船赶往现场起渔网和渔钩，把捕获的鱼送到鱼市。卖掉鱼后，渔民们便回到家里补觉。尽管现在不能捕鱼了，但渔民的睡眠习惯却没有改变，上午睡一个囫囵觉是最能提神醒脑的。

我头两天采访过这个老渔民，他是和四五个老渔民一起接受采访的。我记得他很能说，精瘦的脸上表情很丰富，一看就知道他是见过大世面的人。说到在长江捕鱼的苦和乐，他比别人讲得多很多，而且描述很生动，激动的时候讲得眉飞色舞。讲完之后，他甚至从滑到鼻梁下部的老花眼镜上面，用一双透着精明的眼睛久久地盯着我看，好像是在猜测我对他说的话感不感兴趣。这类老人,一般性格开朗,说话做事都能引起别人的注意,平时不甘寂寞,为人通透豁达。

但是我却记不清楚他叫什么名字,又不便问他叫什么名字,姑且称他老刘吧。其实几天下来,我采访了几十位老渔民,几十个名字都在记录本上记着,只是一下子反映不到脑子里来。

听说我要人带路去看白水港,老刘二话不说,从沙发上站了起来,穿上白色的休闲鞋,带着我就往外走。他比较热情,对我表现出很亲热的样子。我们就像村里的两个老渔民在溜达闲聊,毕竟都是老人,年龄相近,所以话多。

村子里安静得出奇,既不见鸡飞,也不见猪跑,就连看家护院的狗,此时都躲到树荫下睡觉去了。碧蓝瓦亮的天空见不到一丝云彩,早秋的太阳把强烈的光芒洒在村子的每一个地方,让整个村庄都沐浴在火热的阳光里,使干净整洁的村庄显得阳气十足。

黑色的柏油马路上,只有我和老渔民两个人甩开大步走着。这条新修的马路,是村里的主干道,初秋的太阳晒得柏油粘住鞋底,我们每提脚往前走一步,都会发出撕拉不干胶的声音,刺耳,让人心焦。

上午村里召开了党员大会,几十个党员围在村委会一间会议室里,听党总支书记李春梅讲解民主选举的办法。昨天下午,村支部委员郑振震就用两个矿泉水纸箱子,做了两个投票箱,用红纸糊好表面,挖出了投票的口子,没有花一分钱。过几天行使民主投票时,这投票箱要派上用场。

带我去看白水港的老刘不是共产党员,所以他有空陪我一同去白水港渔村,他一边走一边向我讲解白水港的情况。他是在白水港渔村出生长大的,这里的一草一木,他都了如指掌。哪儿原来是泊船的,哪棵树是哪一年移栽的,他都如数家珍。

我们脚下走的这条路，是几十年前大搞农田水利基本建设时期建成的圩堤，用于挡住汛期的长江洪水。圩堤外边是白水港，港和长江连通，长江水涨，它也涨；长江水落，它也落。它是长江的小兄弟，性格比较暴躁易怒。圩堤里面是围垦而成的万亩水稻田，放眼望去，平畴远风，稻浪起伏，很是壮观。

十万群众肩挑背扛建起来的白水港圩堤，真是霸气，像一条巨龙逶迤几十里，再大的洪水都奈何不了它。过去布满芦苇和死亡沼泽的西湖，被敢想敢干的开拓者们围垦起来。开拓者们砍去芦苇等野草，填平沼泽和深潭，把这里改造成了湖北省的一个大粮仓，养活了无数的百姓。

溯白水港而上，我一边观赏着港两边的美丽景色，一边听老刘讲述白水港的历史。有一个非常奇怪的现象，让老刘百思不得其解：原来，白水港两边并没有茂密的树木丛林，二十世纪六七十年代，劳动者都勤快，把土地周边都铲得光秃秃的，只允许长社会主义的庄稼，不允许长资本主义的野草，所以目之所及都是田园秀色。但最近的二十多年时间，庄稼人的思维改变了，对土地的感情变得淡漠了，田地里的收成满足不了他们的生活需求，所以他们都到城市打工去了，导致大片的田地没有人耕种。撂荒的结果是：优质的稻田里长满了各种树木，形成了一大片一大片连人都钻不进去的树林，高大茂密的树冠直指天空，无数的鸟雀鸣噪其间。

老刘当年也参加过兴修水利工程，在脚下的这条圩堤上抛洒过汗水。他告诉我，挑着泥土上圩堤是一种痛苦的磨砺。尽管他是渔民，岸上的活干得少，但他对这万亩稻田有深厚的感情。

老刘指着白水港每一个有特色的地方给我看。他告诉我，他家的渔船在哪儿停泊过，在哪个地方捕到过什么稀有的大鱼，拿到集市上卖了多少钱，仿佛这些事是昨天发生的一样。

他说他十二岁就没再读书,被父亲叫上渔船当了渔民,成了父亲的小伙计,天天趴在船头上放网、收网,所有的鱼都是经他的手扔进船舱里的。无论谁家的儿子,刚上船帮父亲放网、收网时,都被称为小伙计。直到小伙计结了婚有了自己的新渔船,称呼才会变:小伙计变成了大掌柜。

老刘说要带我去看一座古桥,那是白水港的一个地标式建筑,证明白水港历史悠久。他向我介绍说,在白水港,远古时期就有先人活动。新石器时代的枝城北遗址、蒋家桥遗址、白水港遗址等即是证明。

这些遗址距今都有多少年呢?老刘却说不清楚,只知道几万年前这里就有人类活动。他们是长江流域原始部落的居民,那时候还没有发明火,大家都生吃食物。

老刘要带我去看的是古老的石拱桥,白水港的先人在没有任何大型工具的情况下,硬是用双手建起了一座悬空的石拱桥。石拱桥横跨在白水港上,任凭风雨侵袭,历经千年不垮塌,堪称奇迹。

在石拱桥的附近,有很多人类生存过的遗址,证明人类很早以前就在白水港一带活动过。桥西面不远处,有金子山遗址。从挖到的石斧和陶器来看,最早可以追溯到新石器时代。

新石器时代距离今天远着呢,说是从一万多年前开始,经历了七八千年的漫长过程。那时候的人是没有衣服穿的,只能用树叶遮掩身体,用野兽的毛皮抵御严寒。对现在的人来说,吃饱穿暖是最基本的需求,很多人开始追求高质量的有品位的生活。而那个时候的人类,只能拿着石头磨成的斧头形状的"武器",追着动物捕猎,山林中的野兽和白水港里游动的鱼儿,都是他们猎杀的目标,那都是他们填饱肚子的食物。

这些遗址大多数紧靠长江和白水港,处在今天的宜都市枝城镇方圆几公里的范围内,由北向南依次是城背溪遗址、茶店子遗址、鸡脑河遗址、花庙堤遗址、石板巷子遗址、栗树窝遗址、孙家河遗址、王家渡遗址、金子山遗址、蒋家桥遗址、青龙山遗址、枝城山遗址。这么多的遗址集中在一个小小的范围内,这是不是古人群居的生活方式?是不是文明还没有开始的古代人,已经意识到生活在一起的安全感和热闹的氛围?这是一个很值得思考的奇特现象。

如果不是受邀到白水港渔村来采访渔民驿站,我此生可能就错过了与我们的祖先进行“交流”的机会,就不会幸运地行走在遗址连着遗址的白水港边的土地上。我更不会知道,我的江西老乡们在六百多年前的今天,跌跌撞撞地从江西故地出发,西行至四川,又从四川出发,顺着长江来到这里落脚,原以为这个布满死亡沼泽的地方,还没有人类踏足过,没想到远古的祖先几千年前竟然在这里生活过。

远古的祖先懂得一个朴素的生存之道:哪里有吃的,哪里可以繁衍生息,他们就在哪里以家为单位、以群为团体生活下去!能生存、能繁衍的地方就是风水宝地,不是吗?

我笑着对老刘说:“我们现在走过的地方,可能都是先人居住过的遗址,只不过现在还没有被发现、被挖掘出来。我们的祖先怎么也不会知道,在他们居住过的地方、在他们狩猎过的地方,生活着一群文明程度极高的后人,高精尖科技、发家致富、长江禁捕、渔民驿站等,是他们闻所未闻的。”

这个历史文化底蕴如此深厚的地方,让我的双脚不敢落到地上。每走一步都要小心翼翼,我怕惊扰了我们的祖先啊!

我和老刘来到了一个叫九道河的地方,在一座前年建成的大桥桥墩下停住了脚步。天气太热,我们走出了一身汗,就坐在荫凉茂密的草地上休息。老刘对我说:“白水港有十多公里长,有些地方没有路走,只有渔船才能到达。我们走是走不到水港尽头的,走到九道河这里就可以了。”

不过老刘又给我讲了一个更吸引人的地方,让我很想去看看。他讲的那个地方叫九道河遗址,离这里不远,但路不好走,一时半会儿到不了。

九道河遗址,坐落在九道河村对面的山崖里面,是个洞穴遗址,据考古专家发掘的文物分析,居住在洞穴中的人,是旧石器时代的人类祖先。他们所处的年代,比新石器时代早得多,从距今约300万年前,延续到距今一万年左右,时间跨度约300万年。

我是一个作家,不是一个考古专家,但我富于想象力。我可以穿越时光的隧道,想象远古祖先如何在白水港边的一个山洞里,过着没有阶级之分、没有等级之别、没有家庭概念、没有夫妻名分、没有文明之说的群居生活。经过300万年的艰难进化之后,人类进入了新石器时代,他们才从山洞里走出来,天穹当房,大地当床,在白水港边形成原始部落,开始了新生活。

1986年,考古专家们云集在九道河山洞遗址,进行遗址发掘工作,他们的发现令世人惊叹。他们得出的科考结论说:洞穴遗址生成于寒武纪灰岩中,洞底高出九道河的水面20多米,洞内的堆积物厚达3.5米,自上而下分为四层,出土有砍砸器、刮削器、石核、石片等500多件,全是在第三层带斑点的红色黏土中。同时出土的动物化石种属有豪猪、熊猫、中国鬣狗、东方剑齿象、犀、巨貘、牛、鹿等。

山洞里的人把吃完的动物骨头扔在地上,经过几十万年几百万年的质变,这些骨头都变成了化石,为人类留下了一堆宝贵的财富。

老刘看着眼前的景色,转换了话题:“白水港两岸原来没有树木,只有茂密的芦苇,二十多年前为了治理白水港的水患,才栽上了速生林,林带以杨树居多。现在那些排列在白水港两岸的杨树,已经高达二三十米,而且林带一眼望不到边。”

飒飒秋风吹过大地,杨树林里的树叶摇晃着,摩擦着,发出哨子一样的响声，给炎热的空气带来一阵阵凉意。白水港村的渔民们，从小就驾驶渔船在白水港里放网捕鱼，就像是在自家的菜园子里摘菜一样。

彩带似的白水港和辽阔的西湖，水草茂密，鱼虾很多。长江里的那些洄游性鱼类，因贪恋丰富的水草，从白水港畅游到西湖。白水港的渔民们保持着一个良好的传统习惯，网具的网眼大，只能捕捞港里和湖里的大鱼，小鱼则从大网眼里溜出去，自由地畅游在长江南岸的水乡泽国里。

长江里的鱼虾，极大地丰富了江南水乡的物产，也养活了一代代白水港岸边的村民。他们在各个不同的历史时期，演绎着不同的捕捞神话。

第四章

牺牲在抗日战争中的白水港渔民

1949年4月20日晚到21日，中国人民解放军第二野战军、第三野战军组成的百万大军，在西起江西九江、东至江苏江阴的千里战线上，强渡长江，迅速突破国民党军的长江防线。

1949年5月14日，中国人民解放军第四野战军从湖北团风至武穴地段强渡长江，解放了湖北省东南部和江西省北部。至5月17日，武汉三镇回到了人民手中。

1949年7月16日，人民解放军挺进宜昌城，宜昌宣布解放，国民党几十万军队突然消失在宜昌城南。

1949年7月16日，宜都县城也迎来了解放。

至此，千里长江上的解放军渡江作战胜利结束。应该说，宜都县（现为宜都市）是解放军渡江作战最后攻克的堡垒。国民党军宣称长江防线固若金汤，但随着湖北宜都的解放，这成了不攻自破的谎话。

当中国人民解放军第四野战军38军113师一部从白洋渡过长江时，有很多在长江捕鱼的渔船和运输船只，自愿加入了运送过江部队的行列，其中就有白水港渔村的渔船和渔民。有一个读者在《宜都县城解放的经过》一文后留言:“四野 38 军 113 师一部从白洋渡江时,我爷爷是驾船的,当年就在此处摆渡运送过解放军。”

72 年过去,我已经无法采访到那些渔民了,他们也许全都作古了。当时冒着敌人的炮火,从长江北岸划船到达南岸的经过,要承担多大的危险啊!他们放下自己的营生,在没有任何经济补偿的情况下,毅然决然地去做,全然不顾被国民党军逮捕杀害的危险。

在一份当年的回忆录文字中,还原了当时的复杂情况:

1949 年 7 月,湖北省军区司令部命令我部,赶快渡江。接到命令后,我率领部队赶到古老背。此时,宜都县城有国民党 79 军 12 师驻防,还有傅锡章的保五旅守备着。

7 月 16 日,宜都县城解放。解放军大部分向鄂西挺进,只留下我们一个团的兵力防守。进城时,老百姓听信国民党的谣言,吓得全跑光了,我们的战士都不进屋,只有刘祝庚一家的门开着。

可见当时百姓受国民党宣传的影响,对解放军产生了误会,吓得都躲到了山里不敢出来。在宜都大部分地区解放后,国民党 79 军、湖北省保安第 5 旅退守宜都、五峰、长阳三县边界负隅顽抗,并在渔洋关布防,组建突击大队,与解放军对峙,苟延残喘。

突击大队经常武装下山侵扰百姓,抢劫乡民稻谷 500 多担,生猪 65 头,棉被 60 多床,遇到路人随便拦截搜身,稍有反抗就进行毒打,将为解放军送过茶水的农民杨华武,为解放军挑过粮的杜寿永、陈高现等人抓去拷打并杀害。绿竹溪村的盲人汤云生说解放军好,谴责突击大队抢老百姓的东西。突击大队大队长刘金波知道后,暴跳如雷,派人把汤云生抓去渔洋关庹家坪活埋了。

国民党突击大队如此凶残地祸害百姓,那些运送过解放军的渔民和船工,要不是保密工作做得好,恐怕人身安全就得不到保障,就有被杀害的危险了。

三个多月后,这些盘踞在宜都深山里的国民党军,才被人民解放军彻底消灭了,整个宜都县真正回到了人民手中,人民翻身做了主人。

白水港渔村,这个苦难深重的村庄,终于结束了苦难的历史,开始了新的时代。

回想起 1942 年,这个村庄在一天之内,有 147 名村民倒在了血泊中。那时,谁都在心里铭记着仇恨!

白水港渔村,本来是长江边上一个宁静的小村庄,打鱼的打鱼,跑货的跑货,虽然日子过得艰难,但村民们都亲切友善,相安无事。

自从日军的炮艇在长江上出现以后,日本兵的军刀就凶残地架到了白水港村渔民的脖子上。他们想到长江去打鱼,但鬼子的炮艇会像幽灵一样突然出来。一颗炮弹打过来,渔船连同家人都会粉身碎骨。但是,渔民不打鱼就没活路,就要挨饿啊。

从 1941 年 7 月 4 日开始,9 架日军飞机先后对安福寺、白洋、古老背、江口、枝江县城等地进行狂轰滥炸。国民党军 41 师与日寇对抗了三个小时,死伤惨重,不得不退守长江以南的白水港一带。

白水港的村民不愿做亡国奴,男女老少齐上阵,配合国民党军沿长江一线挖战壕、垒碉堡、运弹药、埋地雷,誓与日军决一死战!往日安宁平静的白水港渔村,正在为保卫自己的家园忙得团团转。

白水港最大的家族、拥有一千多人的刘姓人家,为了抗日,经过商量后,一致同意拆掉村里祭拜祖先神灵的祠堂,将拆下的木料全部用来构筑临江工事。国难当头,顾不了那么多,拒日本侵略者于长江对岸,才能保村里百姓不遭杀戮啊!

村里的青壮年还和国民党军日夜轮流放哨，监视对岸日军的动向。他们腰里都插着短把的渔钩，手里拿着长长的钢柄渔叉，俨然是威武的战士。

那些渔钩和渔叉是渔民最称心的武器，虽然不在十八般兵器之列，但绝对不比十八般兵器逊色。它们是用最好的钢铁打制的，在江水中和数百斤、千余斤的大鱼搏斗，也不会有丝毫损伤。它们不怕力大无比的大鱼，同样不会惧怕日本侵略者的军刀。

渔钩、渔叉都磨得锋利锃亮，在月光下闪烁着可怕的寒光，充满了杀气。当战争的炮火即将从长江对岸蔓延过来的时候，这些捕鱼的渔民，就是一支武装起来的战斗部队。他们每个人都可以用手里的家伙，与日军搏斗厮杀。要知道，这些渔钩、渔叉，平时都用来对付几百斤重的大鱼，对付日军，不是轻而易举的事吗？

更让人不敢相信的是，有些渔民不怕日军的枪炮威胁，经常在夜幕的掩护下，驾驶渔船到长江北岸去打探情报，回来报告给驻守江边的国民党军。渔民们都是在长江边长大的，身手敏捷，连划桨都没有声音，活像江里的鱼在游走，日军的探照灯在江上搜寻时，他们就俯下身子，他们的船也像无主船一样在江中漂流。

有一天深夜，村里的渔民刘先耀、刘泽纯，照例驾着渔船悄悄地离开了长江南岸，到长江北岸去看看敌人在干什么。这两个身手特别灵敏的渔民，经常过江去转悠。很多情报都是他们带回南岸的，他们戏称自己是“推划夫”，就是专门搜集敌人情报的能人。

他俩腰里都系着麻绳，别了短把的渔钩，全身上下收拾得利利索索，尽量做到不出意外。当刘先耀在船尾轻轻地划着双桨时，刘泽纯伏在前舱里仔细看着日军的碉堡，手里拿着渔网，装出放网的样子，用来应付敌人突然射过来的探照灯。

以往他们都能平安回家，可是那天晚上不知道怎么回事，敌人的碉堡里面黑咕隆咚的，连机枪孔里都没有一点光亮，外面连巡逻的鬼子都没有，甚至连哨兵换岗的声音都没有，好像日军都撤走了一样。

正当他俩疑惑不解时，敌人突然按亮了探照灯，巨大的光束从碉堡里射出，照在静静的江面上，照到了刘先耀、刘泽纯的渔船。没等他们反应过来，敌人的机枪就跟着探照灯的光束扫过来了，密集的机枪子弹像雨点一样打在船上。

刘先耀躲闪不及，身中数弹，当场倒在船尾，连一句话都没说就身亡了。刘泽纯尽管伏在船上，但还是没有躲过敌人的子弹，他的右臂中了一枪，鲜血从棉袄的袖子里流了出来。他回过头看了刘先耀一眼，见刘先耀已倒下，喊了一声："先耀叔快跳江啊！"

没有听到刘先耀的回答，刘泽纯知道刘先耀凶多吉少。他顾不了那么多，逃命要紧，便一闪身跳进了冰冷刺骨的江里，用那只没有受伤的手，在江水中艰难地游动着……

他的头在江水里一沉一浮，很快就游到了船尾躲避，幸好再没有被密集的机枪子弹击中。等到扫射结束后，刘泽纯这才伸手拉了拉刘先耀，想带着他一起回家。可是拉了几下都没有动静，刘泽纯这才一个人离开了渔船，在江中游了很久，拼尽全力才游到南岸，被在江边巡逻的国民党军发现，交给了白水港村的村民。

白水港村的渔民，并没有被刘先耀的牺牲吓倒，而是更加积极主动地做好抗战工作，保卫自己的家乡。为了生存，他们只好在白水港里放网捕点小鱼，度过漫长的冬天。

1943 年 2 月 15 日深夜，日军两角支队几百号人，开着多艘汽艇，由枝江董市渡过水流湍急的长江，在百里洲肖家堤拐一带强行登陆，架起钢炮朝国民党军的阵地上轰，炸得国民党军士兵惨叫连连，血肉横飞。在这样的形势面前，国民党守军慌乱跳出壕沟，向后方拼命逃跑，把军民苦心经营了几个月的江南防御工事全部丢弃了。

虽然肖家堤拐有机枪排长张宗贵、刘家巷有余营长各率所部进行顽强抵抗，但终因孤军无援，在子弹打光之后，无奈地退出了战斗，逃进了深山野岭。日军气势汹汹地越过国民党守军的阵地，占领了袭家潭、刘家巷、羊角洲、碥洲等地，开始了血腥的大屠杀。

有一个叫石牌的地方，以江中暗礁、乱石多而得名。日军不敢驾着兵舰进攻，就怕撞到礁石沉没，他们便想法子摸清航路，寻找机会进攻。石牌靠近江边的地方有个薛家祠堂，年代久远。祠堂旁边有一棵几十米高的古樟树，枝繁叶茂，从很远的地方都能看到，这成了日军一个特定的标记。由于当地出了一个汉奸，这家伙为了保命和荣华富贵，竟然与日军相互勾结，约定以砍倒古樟树作为进攻的信号，并用船为日军的兵舰带路。这一切，直到后来才被人知晓，但为时已晚。

1943 年 6 月 3 日，这个汉奸带着不明真相的村民，以古樟树易被敌人作为目标为由，将古樟树砍倒。从望远镜里看到古樟树倒了之后，集结于江北岸的日军，便在这天的黄昏时分，由汉奸驾着小木船避开暗礁，顺利地从江北堆马滩、沙渍坪出发，向江南岸的白水港、石牌、跑马道子等地发动了全面进攻，很快占领了枝江县城一线。

日军占领枝江县后，在广大城乡奸淫掳掠，无恶不作，犯下了滔天罪行。

一大队日军在白水港登陆后，以猛烈的火力向国民党守军和当地村民扫射，密集的子弹根本不让守军开枪还击，导致大量守军和村民阵亡。壕沟里血流成河，惨不忍睹。

白水港渔村村民刘泽连，当时就在阵地上帮守军做事。他当过兵、打过仗，有战斗经验。在敌人第一次进攻时，他就占据了有利的位置，躲过了枪弹。在一片慌乱中，他冒着枪林弹雨逃出了阵地，飞一般跑回村里报信，让大家赶紧逃到芦苇荡里去，利用遍地的沼泽保护自己。

日军突破守军的阵地后，冲进白水港渔村，把还没来得及逃走的村民抓住。小部分村民被押到窑湾河边站好，大部分集中在郑家屋后的空地上。几挺机枪架在高处的山包上，准备对这些手无寸铁的老少妇孺进行扫射。

在郑家屋后的空地上，汉奸偷偷地告诉日军，说这个村的渔民非常剽悍，手里都有渔钩、渔叉，对日军一点也不害怕，明着帮助国民党守军，还经常驾船到江北去打探日军的情报，回来后报告给国民党守军。

日军的指挥官听汉奸说完后，手往下一劈，下令所有的机枪开火，一齐射向无辜的村民。惨绝人寰的大屠杀，在江南的土地上开始了。

一阵机枪扫射过后，所有的村民都倒在了血泊中。当时没有死的人因为伤痛拼命叫喊，日本鬼子便端着刺刀冲进人堆里，在所有村民身上补上几刺刀，喷溅的鲜血染红了日本鬼子的脸和衣服。

这还不算，丧心病狂的日军又将附近的枯树枝拣拢来，架起柴堆点燃，把一具具尸体扔到火中焚烧，空气中弥漫着衣服和尸体烧焦的气味。一百多个村民，就这样惨死在日军的屠刀下，连尸体都被烧成了黑炭……

在窑湾河边，一些妇女被日军推到了河水中，日军像打靶一样进行射杀。看着一个个女人倒在河水中冒出血花，日军疯狂大笑。

其中有一个妇女，叫刘鲁氏，在被敌人杀死之前，机智地倒在水里装死。她会游泳，借助江水的流动，慢慢地漂到了江中间，由此躲过了一劫。她是白水港大屠杀中唯一的幸存者。

在这次大屠杀中，白水港村共有 147 名无辜的村民死亡。

大屠杀过后，日军还不肯罢休，开始大肆掠夺村里的粮食和值钱的东西，放火烧毁了130多间民房，还把100多条停泊在白水港里的渔船烧掉。从村里到白水港，一时间火光冲天。日军这样做的目的就是引出躲在芦苇荡里的村民，准备把全村的人统统杀光。

第五章

漫长的抗战岁月

自从日军突破长江、占领长江南岸之后，生活在长江南岸广大地区的百姓，便过着暗无天日的生活，生命没有任何保障，稍有反抗就会丢掉性命。

白水港村的村民们，由于协助国民党守军修战壕、做民夫、送粮食、多次过江侦察敌情，被汉奸告发后，便成了日军的眼中钉、肉中刺。

白水港村未能及时逃走的147个村民，惨死在日寇的枪口下，连他们的尸体都没有人敢收殓安葬，只得被风吹日晒，在江边腐烂发臭。万恶的日军想用这些村民的尸体，引诱躲在芦苇荡里的村民，到时候好一网打尽。

大多数逃到西湖芦苇荡里的村民，凭借西湖的沼泽，躲过了日军的追杀。由于100多条渔船被烧毁，白水港的渔民失去了赖以生存的捕鱼工具，在芦苇荡里几乎被饿死。湖水中，凡是能够咽下肚的东西，都被他们啃食光了。他们本想偷偷地走出西湖，从芦苇荡里来到村里寻点吃的，可是经常被汉奸发现。汉奸常常带领日军来抓人，搞得人心惶惶。

没有办法，白水港的妇女只好穿着破烂的衣服，拿个破碗，拄着打狗棍，到远处的村庄去讨饭。好心的人看着讨饭的妇女可怜，就偷偷给她们一点吃的，而她们则把吃的东西藏在破衣服里，带回家给家人们吃。

在乞讨时，这些女人都听到过一个故事，说隔壁的莲花乡樟树溪有个农民，大白天把一个日本兵杀死了，报了杀妻之仇，实在是解恨。

有胆大的白水港村妇女，讨饭都讨到了莲花乡樟树溪村里去了，就是为了验证这个故事的真假。她们对杀日本兵替亲人报仇的故事特别感兴趣。村里147个村民被日军杀死的仇还没有报呢，哪个白水港村民不想亲手杀几个日本兵呢？只是日军手里有枪，村民们杀不了他们啊！

可樟树溪的人确确实实在大白天把一个日本兵给杀了，就是不知道到底是怎么杀的。乞讨的白水港村妇女，终于听到了完整的故事，回到芦苇荡讲给村里的男人们听。

有一天，一个落单的日本兵，闯进了樟树溪农民潘先胜的家里，看见潘先胜的老婆在家煮饭，便想做坏事。潘先胜的老婆拼命反抗，哭喊着推开日本兵。打斗中，日本兵见这个女人如此刚烈，便一枪把她给打死了。

正在屋后湾子里用镰刀除草的潘先胜，听到枪响，吓了一跳，见老婆的弟弟慌慌张张地跑来报信，知道大事不好，便拿着镰刀往家里跑。刚进家门，就和日本兵撞上了，他看到了最残忍的一幕。

潘先胜怒吼一声："老子跟你拼了！"举着镰刀就冲了上去。

潘先胜从小练武，此时并不怕日本兵手里有枪。

慌乱中，日本兵急忙拉上裤子，想开枪却来不及，只好转身就跑，以为潘先胜不敢追他。

潘先胜看见老婆死在床上，气得七窍生烟，咬牙切齿，转身就飞一样去追日本兵。此时的他只有一个念头：一定要杀死这个十恶不赦的日本兵，替死去的妻子报仇！

日本兵一边跑，一边端着枪向潘先胜发出吼叫声，哪知潘先胜根本就不害怕，拼了命地往前追。在日本兵跳下一个土坎时，潘先胜像一只展翅的老鹰一样,不顾一切地扑了上去,举着镰刀狠狠地砍中了日本兵的后背,并且用左手臂死死地箍住日本兵的脖子。

日本兵知道今天碰到了一个玩命的中国人,吓得“哇呀呀”连声怪叫,连忙丢掉手里的步枪,用右手抽出挂在后腰上的刺刀,反手向后猛劈,一刀砍在潘先胜的头顶上,随即又从侧面向潘先胜的肚子刺去,下手又准又狠。

通过几个回合的格斗,潘先胜才知道这个日本兵会武功,也是从小练过功夫的家伙,所以玩刀有招式,刀刀都往致命的地方捅,一般人还真不是他的对手。

潘先胜不敢大意,迅疾躲过对方的刺刀,想用镰刀去挡刺刀,他的右胸却被日本兵划了一道口子,血一下子就流了出来。

就在这你死我活的关键时刻,潘先胜丢下使不上劲的镰刀,双手拼了命地攥住日本兵的右手腕,想打掉他手里紧握着的锋利刺刀,这一招果然灵验。当潘先胜的双手突然爆发出千钧之力,日本兵的手便像断了神经一样,五个手指一松开,刺刀便掉在了地上。

没了刀的日本兵,只得去抱潘先胜的双腿,想扳倒他把他压在身下。潘先胜眼疾手快,不等日本兵双手合抱,飞脚来一个扫堂腿,便将日本兵摔倒在地。他趁势猛扑上去,拼尽全力用右手臂箍住日本兵的脖子,并用左手握住自己的右手腕,让鬼子无法掰开他的手臂。

练了一辈子武功的人,把这一招视为大杀招。只要双臂锁住了喉咙,再用力往后拉,就算是最厉害的人,也只能气绝身死。

潘先胜咬紧牙根,两眼鼓凸着,久久地锁着日本兵的咽喉。任凭他两手乱抓,双腿乱蹬,潘先胜就是不松手,直到日本兵渐渐软下来,不再抵抗。

一直躲在附近看着这场生死搏斗的乡亲们,见潘先胜终于杀死了日本兵,便跑上前来对潘先胜说:“好样的,你终于把他打死了,好厉害!”

潘先胜这才缓过神来,扳过日本兵的头看了看,只见日本兵大张着嘴巴,舌头伸在外面,双眼翻白,早就死了。他当着乡亲们的面,顺手捡起身边的一块石头,朝日本兵的头一顿猛砸。他一边砸一边哭减:“顺珍,顺珍,老子替你报仇了!你死得太惨啦!老子替你报了仇啊!”

乡亲们担心日军来寻人,于是赶紧用禾秆把日本兵的尸体包裹好,扛到芦苇荡,埋在了沼泽里,谁都找不到他的尸体。

一直害怕日军杀进西湖来的白水港村民,听说潘先胜赤手空拳打死了一个荷枪实弹的日本兵,心里就不再害怕了。大家聚在一起说:日本兵也没什么了不起嘛,手里有枪有刀,不照样被赤手空拳的中国人杀死了吗?日本兵也是凡身肉胎,也是从娘肚子里钻出来的,没什么了不起的!

有了这种想法,大家就胆大了,都想着怎么替死去的亲人报仇。日军屠杀中国人的滔天罪行,也唤醒了有良知的中国人。他们时刻想着复仇,总想着要消灭侵略者,过上原来的安宁生活。

同时,人们对那些投靠日军的汉奸痛恨不已,认为他们在自己的国土上为虎作伥,甘愿做日军的走狗,为日军通风报信,带着日军到处杀人放火,残害同胞,坏到了骨子里,真是罪行累累!

有一天,一个充当日军翻译官的大汉奸,带着日本兵到处搜刮老百姓的钱财和粮食。他戴着墨镜,腰里斜挂着盒子枪,老在日本兵的耳朵边叽叽咕咕地出坏点子,显得神气活现,让人看了咬牙切齿。有一天他想去茅厕拉屎,被人诱骗到一户人家的后院,被埋伏在那里的人一通乱刀砍死。待到深夜,村民们才将他的尸体埋到了西湖的芦苇荡里。尸体绑了石头,沉到了深不见底的沼泽里。

日军见翻译官突然不见了,便到处寻找,但都不见他的踪影,又不知道什么人害死了他,最后只好放弃了寻找。

从那以后,人们都在猜测,是什么人干掉了日军翻译官。有的人说,是枝江城关的徐泡皮干的,因为他痛恨日军和汉奸,就把日军翻译官诱骗至后院杀死了。

但也有很多人不相信是徐泡皮干的,他一个人不可能杀得了人高马大、年纪又轻的翻译官,更何况翻译官腰里还挂着二十响的盒子枪,枪一响,恐怕十几个人都得死。人们只有一种猜测:可能是徐泡皮想了个什么由头,将贪财好色的翻译官骗到他家后院,早就埋伏在那里的白水港渔民从背后偷袭,抡起锋利的渔钩,冷不防地杀死了翻译官。

有人言之凿凿地说,日军翻译官真的死在了白水港渔民的渔钩之下,因为他举报白水港的渔民过江侦察敌情,导致白水港村 147 人惨遭杀害。147 个冤魂找他索命来了,所以他身上到处都是渔钩钩出来的血窟窿。汉奸翻译官也算是为自己的滔天罪行付出了代价。

当然,这些都只是猜测,因此几十年来成了一个悬案。

从那之后,白水港渔村的村民们先后回到村里,掩埋了亲人的遗体,重新搭起了茅草屋,生活又像原来一样。

第六章

白水港终于解放了

经历了数百年灾难和数次死亡威胁的白水港渔村，终于在1949年的夏天解放了，结束了地狱般的日子。

过去被人称为渔花子的打鱼人，真正成了长江的主人。他们可以自由地荡着双桨，驾驶渔船撒网捕鱼，也可以拿着捕获的鲜鱼，去赶早市卖个好价钱，甚至还可以留几条鱼供自家食用。煮一大锅鱼，炒几个农家菜，再打几斤糯米酒，坐在船头对着月亮畅饮几杯，就是幸福生活了。

日本侵略者的铁甲炮舰已经消失得无影无踪，长江上只有白帆船鼓满了风在江上自由航行。老百姓不懂大道理，只知道不受人欺负就是好日子，自己能够当家作主的日子真好！

1950年，刚解放不久的白水港渔村，就有了看得见的变化。土地改革在广大的农村展开，白水港村的所有人家，都分到了宝贵的土地。过去只能在渔船上安家的渔民，现在也有了属于自己的一亩三分地，可以种蔬菜，也可以种庄稼。

土地改革的时候，白水港村像所有的解放区一样，成立了农民协会，农民第一次有了自己的组织。

本村的泥腿子刘先槐当上了农协主任，黄传新、毛松远任委员，徐德吉任会计。

有趣的是，白水港村，这个处在长江边的村庄，在历史上曾经归宜都、枝江两个县管辖。村里的人，一半是渔民，一半是农民，既有百里长江做捕捞场所，也有湖田600多亩。两个县都曾向白水港村派过土改工作组，两个工作组在白水港村召开过多次联合办公会议，最后达成一致：枝江县放弃对白水港村的管辖权，全部交给宜都县管辖，定名为宜都县白水港自然村。

成立农业初级合作社的时候，白水港自然村有捕捞渔船七十多条，若不是1943年被日军烧掉了一百多条渔船，白水港村当时的渔船数量是很可观的，在千里长江上可谓是庞大的捕捞队伍。

劳动人民当家作主了，白水港的渔民就想着尽快恢复原有的渔船规模。他们从山里砍来大杉树，请来造船的木匠师傅，在每年夏天赶着时间打造新的渔船。每造出一条新的渔船，白水港村就多了一户渔家，就多了一户在长江上谋生的新户主。

村里无论是谁家，只要儿子大了，到了结婚的时候，父母一定要为他们小夫妻建造一条新的渔船，让他们分家立业，生儿育女，独立门户。

从1950年至1959年的十年时间里，获得了解放的白水港人，在党和政府的引导下，从农民互助组、初级合作社、高级合作社再到人民公社，经历的变化之快，连他们自己都感到惊讶。

他们高高兴兴地将私有的土地、渔船、捕鱼工具、牲畜、大型农具等全部交给了村集体。村民作为骄傲的人民公社社员，全部参加集体生产劳动，享受着集体化带给他们的幸福和快乐，这是历史上从来没有出现过的现象。

1959年10月，枝城成立人民公社，白水港村也行动起来了，将白水高级农业合作社和白水高级渔业社合并在一起。渔业和农业在同一个村子里分分合合多次之后，终于又走到了一起，而且在开发围垦西湖垸的大会战中，作为一个整体参加围湖战斗。

在白水港村，刘、鲁两个姓氏的人占了全村人口的百分之八十以上，各有农业人口和渔业人口，甚至一个家庭都存在着农业人口和渔业人口。农业人口和渔业人口闹矛盾，并不是姓氏的原因，而是因为分配和收入的不公平，不关两个姓氏的事。

刘和鲁两个大姓家族之间，自古以来就没闹过大的矛盾。他们同住在一个村庄里，并没有因为哪个先来哪个后到争论不休。当年先祖们找到这里并落地生根，已经很感恩长江和白水港的收留了，谁先来谁后到并不重要。

两个大姓和几个小姓共同组成的村落，共享着一个名字——白水港村。他们之间的关系，一直比较融洽：异姓人家互相来往，男女之间自由通婚。

1959 年，白水港村的村民们干了一件大事。

这一年的秋天，刚成立不久的枝城人民公社，决定对西湖实施围垦开发。过去的几千年，茫茫西湖水患不断。按照人们的规划和设想，它的未来将是良田万顷、稻谷千重浪！

1959 年秋天，西湖里的芦苇生长得非常茂盛。秋风吹过，一眼望不到边的芦苇荡里，发出一种让人觉得恐怖的声音，好像有千军万马在芦苇荡里奔跑。老百姓没事是不去西湖的，那里的沼泽会把人陷进去，那是死亡之湖、恐怖之湖！

西湖里，汇聚了白水、大堰、阳和岭、黎家坪、纸坊等公社的社员近万人，看上去黑压压的一片，绵延四五公里长。

老百姓对党和国家无比忠诚，尽管处在困难时期，缺少粮食，仍旧饿着肚子将泥土挑上高高的堤坝，没有一个人躺倒不干，更没有一个人逃跑。肚子饿？谁不饿呢？国家不是遭受自然灾害了吗？广大群众在西湖筑堤坝，就是为了让枝城人民今后有足够的粮食吃，现在虽然艰苦，但今后一定会有幸福的生活！

不论白天还是黑夜，不管是刮风下雪还是结冰打霜，人们吃住都在筑坝工地上。衣服单薄的社员们，在冰天雪地里铲土挑土，手脚冻得实在难受，只能靠不停地干活来驱寒。为了保证堤坝的坚固，社员们用牛拉石磙的方法压实泥土，还有几个人拉着绳子，不停地打着硪。那用大石头制作的硪抛到空中，又猛地砸到泥土上的声音，显得沉闷而又震撼。

经过半年多的艰苦奋战，一条从北门到龙王台的泥土堤坝出现了。它呈月亮的形状，紧靠着长长的白水港，将港和湖隔开，以后长江上的洪水再也不能直接倒灌西湖了。

堤坝总长达 4279 米，宽 3 米，高 4 米，很像一条静卧在西湖边的巨龙。同时建成的还有北门闸、跃进闸，用石头和混凝土建成的一条宽 0.8 米、高 1.5 米的排水涵闸。在跃进闸处，开凿了一条 1100 米长的人工河，使九道河及其他支流的洪水能够畅通无阻地泻入长江。

这条刚刚建成的西湖围垸，在第二年夏季洪水泛滥时，终于起到了抗洪的作用，保住了西湖里新开垦的近 3000 亩良田，创造了一个奇迹。

西湖被围垦后，枝城人民公社成立了西湖农场，白水港村和龙王台村的村民成了农场的主人。农场下设机耕队、养蜂场和蔬菜队，北门护城河和窑湾河故道及一些洼地被改造成了鱼池。因此，农场又成立了水产养殖场、渔业捕捞队。

白水港村的渔民们离不开自己的老本行，又在西湖农场当了专业渔民，既捕鱼又养鱼，为农场的经济创收立下了大功劳。

第七章

人世间的三种苦——打鱼、驾船、磨豆腐

我到白水港的第二天上午，就开始采访渔民。当时在白水港村，只有两张面孔是我熟悉的，而且还是前一天下午刚刚认识的。

一位是白水港村党总支书记、村主任李春梅，她前一天下午给我们讲解了白水港村渔民驿站里的渔民文化。

另一位是村党总支委员刘义，因为他当过兵，见过世面，会讲普通话，所以主动充当了我采访时的翻译。当地的老人不会说普通话，土话我又听不懂，他们说话的语速很快，像锅里炒豆子。

这天上午，李春梅书记打电话叫来了三个老渔民，两个男的，一个女的。男渔民叫刘成志、刘泽维，还有一个女渔民叫范礼蓉，是个老婆婆。他们坐在我的对面，人挺随和，这可能是因为他们一辈子在长江打鱼、在市场里卖鱼，接触过各色人物。

李春梅书记做了个简短的开场白，主要是把我介绍给大家，并把我采访他们后要写一部《渔民驿站》的书的事情说了，要他们好好讲讲打鱼的故事，因为每一个渔民都有惊心动魄的打鱼经历。

来的三个渔民都自报了家门。第一个采访的渔民叫刘成志，他说自己

是 1962 年出生的，过了五十九岁，虚岁六十，满一个甲子了，开始吃六十岁的饭。

他的开场白有点儿琐碎，但也有点儿幽默，可能平时习惯这样说话。面对我这个陌生人，他一脸笑容，说话很随便，坐在长条形会议桌边像和我们聊家常。

我没有感觉到他老态的样子，他不像是六十岁的人，说五十岁还差不多。再仔细看，他并不像打鱼人那样黝黑，甚至跟社会上的那些退休干部没什么区别，穿戴也是整整齐齐的，一副干部职工的模样，拿现代的名词说，就是“去渔民化”了。

他的解释让我知道了他“去渔民化”的缘由。他说，自从长江开始禁捕之后，就没再上船打鱼了，风不吹、雨不淋、日不晒已经两年多了，在家闲着没事干。坐也好，睡也好，散步看风景也好，十分自由，一年三百六十五天都过着闲散的日子。他把渔民贴在脸上的黑色标记，全部还给了江河湖港，还给了风霜雨雪和月色阳光。

他是白水港一个地地道道的渔民，包括母亲怀他的十个月在内，有四十多年生活在渔船上，只有读书的十年和禁渔的这两年生活在岸上。

刘成志还算是幸运的，他读到了初中毕业，能够读书看报，能够记账。村里有好多和他一样大年纪的人，没有进过一天学校，得顶着文盲的帽子过完一生。

刘成志也不算是最幸运的，他读完初中毕业后，没有升入高中读书，更没有参加高考，失去了深造的机会，只得听从父亲的安排，上渔船当了一个小伙计。家里太穷了，实在没条件供他读书，他得跟着父亲过打鱼的生活，过两三年就得成家立业讨老婆。

刘成志没有和命运抗争，没有反对父亲的安排，在十六岁的那年秋天，没有怨言地放下书包,在炎炎赤日下,登上了家里的旧渔船。船舷上滚烫如火,赤脚走在上面像烙烧饼,似乎还能听到“嗞……嗞……”的声音。那声音如果不是来自他的脚板,便是来自他的嘴里,木头和桐油浸润过的船舷太烫人了！这不是人过的生活,但这确确实实是他要面对的生活,渔家子弟没有别的选择。

在渔民人家,有一个千年不破的规矩:在船尾荡桨或者掌舵的父亲,一定是这条渔船上的老大,而在船头上伏着身子放网、收网的儿子或者女儿,一定是船上的小伙计。他们不用父子、父女相称,而是用老大和小伙计相称。

是不是渔民把自己拥有的渔船比喻成一个商铺、一个店面？把船主和儿女比喻成店主和店员呢？采访中我问过老渔民,他们都回答得比较含糊,可能连他们自己也解释不清楚吧。

刘成志家里有一条渔船,是在长江捕大鱼的座船,也是他一家人赖以生存的家。一家人吃住都在船上,船行到哪儿,家就在哪儿。但真正意义上的家还是在白水港村,祖辈们在白水港边上为他们打上了故乡的烙印。

他家还有一个小划子,跟大脚盆一般大,是在平静的水面上捕捞小鱼虾的工具。比如白水港和西湖,没有大风大浪,那些水面就适合小划子作业。一个人坐在里面,划动着两支一尺多长的小桨,在芦苇荡里出没,在水草间穿行,都灵活自如,而且还能捕不少鱼,相当于家里的菜园子,随时有鱼捕,连水鸟都羡慕他们的收获。

刘成志不喜欢渔船上的生活,更喜欢坐在教室里上课。但他没有办法,得像祖辈、父辈们那样,一年四季蜷缩在渔船上,夏天热得要命,冬天冷得要命。春天——百草发芽的季节,什么事物都张扬肆意地生长,年纪轻轻的他,却感受不到春天的美好,要在渔船上当父亲的小伙计,放网放钩、收网收钩，然后靠岸，和鱼贩子讨论着鱼的价格，将刚捕获的鲜鱼卖给鱼贩子，收下鱼贩子口袋里充满鱼腥味的人民币。

这个时候，相当于掌柜的船老大——父亲，就坐在船尾，靠着船尾的竹篷子，安安静静地抽着旱烟，偶尔拿眼睛瞟着儿子和鱼贩子在谈判鱼价。儿子在他的眼里是个喝了墨水的知识分子，年轻，有头脑，能写会算，比自己这个睁眼瞎强多了。

更多的时候，刘成志把刚打到的鱼，亲自拿到岸上的农贸市场去卖，那里价钱好，少了中间商鱼贩子的盘剥。他直接把鱼卖给水产摊位上的老板，那价格高多了。

有时候，买菜的市民直接到他的鱼篓里来选鱼，买家和卖家都蹲在街边的路牙子上，翻拣着鱼篓里的鲜鱼。市民往往根据家人的喜好，挑选有鳞的鱼或者无鳞的鱼，挑选大鱼或者小鱼，挑选名贵的鱼或者普通的鱼；卖家根据市民挑选的鱼，就知道这个人的性格怎么样，家里人喜欢吃什么鱼，甚至知道他家的经济状况怎么样，富不富裕，为人大不大方。不过，无论怎么样，鲜鱼卖的都是高于市场里的价钱，因为是半路上挑选的鱼，质量最好，所以价钱好，因此刘成志能多挣一些钱。

渔船是渔家人流动的家，长江上数百公里都是渔船的家，两岸的城市都留下过刘成志卖鱼的身影。他到过最多的还是宜昌市，那个城市很美，那里的姑娘很漂亮，景色也很美。刘成志把每天打到的一百多斤鱼挑在肩上，走在宜昌的街道上，心情特别好。

刘成志也有不开心的时候，还有过很痛苦的时候。他在讲述的时候，表情很凝重。

父母生了他们五个儿女，他上面有两个姐姐，下面有两个弟弟。一天书都没有读过的父亲，却是白水港村里的明白人。他在村里的孩子都想不到读书的情况下，却坚持让三个儿子迈进学堂门，接受了新中国的教育，这是很难得的事情。

白水港的渔民们，为了养儿养老，必须在长江上讨生活，只有捕鱼才是他们唯一的出路。

每条渔船上插竹篙的洞眼，都是用来系小孩子的，这是父母亲不需要传授的做法。白水港村渔家每一个在渔船上长大的孩子，无论男孩还是女孩，都对船头那个插竹篙的洞眼记忆深刻。父母把儿女的安全全部寄托在那个镂空的洞眼里。

忙于打鱼的父母，用绳子把会走会跑的儿女一头系在腰间，一头系在竹篙洞眼里，这就算是安全了，就万事大吉了。渔船上的孩子，他们的活动范围就只有一个船舱那么大，还不如一只玩杂耍的猴子跑动的面积大呢。

殊不知，再细心的人也有一时疏忽的时候。可能一百次一千次都系好了孩子，但就有那么一次忘记了，或者孩子睡醒之后，在父母没注意的情况下，走出了船舱，掉到江里去了……

1992 年的一天，刘成志三岁的小儿子睡了一觉醒来，揉了揉眼睛，没有哭也没有闹，悄悄地出了船舱，攀着船舷好奇地看着江水。长江的水好玩极了，打着一个又一个水花往前流动，有时还有调皮的小鱼儿蹦出水面，在船边闹出一点小动静。

小儿子好高兴啊，就想伸出手到水里去捉小鱼儿，可是手短了够不着。怎么办呢？三岁的他手爬脚蹬，硬是从船舱里爬到了船舷上，正要伸手去撩起江水时，身子一滑，“扑”的一声闷响，就滚到江里去了。

正掌着舵的刘成志，因为柴油发动机的声音很大，并没有听到动静，但小儿子落水的那一刻却被他看见了，他急得对正在船头放网的妻子大叫，让她就近去抓住孩子。此时的他，因为掌着舵，处在急流中的渔船无法稳住，所以只能眼看着小儿子在江水里挣扎……

听到呼喊的妻子，急忙扔掉渔网，转过身来救小儿子时，只见儿子在江水里浮浮沉沉随水流走，慢慢地向远处流去。

刘成志急忙打转舵，让渔船掉转船头，去追赶流走的儿子。他和妻子哭啊，喊啊，恨不得跳进江里去救小儿子，可是，江水流得那么急，况且船上还有五岁的大儿子呢。

非常奇怪的是，小儿子在水里沉沉浮浮了很久，越漂越往岸边靠拢，好像有一双手将孩子托举到了岸边，最后停在了岸边的浅沙滩上。刘成志没等船靠岸，便扔下舵把，扑通一声跳进水里，把吓得大哭的小儿子紧紧地抱在怀里，害怕他从自己怀里又溜到江里去了。

刘成志的小儿子命大福大，是那么多个掉进江里的小孩子中，唯一自己救了自己一命的幸运孩子。二十多年后，这个小儿子从宜昌中专学校毕业了，自己创业做生意，在城市里经营厨具，生意做得顺风顺水。城市的生活丰富多彩，他可不想和父母一样打鱼谋生，所以选择了经商这条发财的路。

也许是小儿子掉进长江，险些酿成人生的悲剧，让刘成志害怕了，他发誓要让两个儿子都上岸去读书，一辈子不要闯荡长江做打鱼郎。后来他果真做到了，把两个儿子都放在了村里的小学读书，然后读中学、读中专、考大学，彻底脱离了渔船，到城市里过日子去了。

他的大儿子大学毕业后，去了沿海城市打工，和一个同在外地打工的本地姑娘结婚后，一家人回到了白水港村，和妻子在当地一家民营企业上班，做会计工作，日子过得称心如意。

在白水港村，像刘成志的两个儿子这样，没当渔民的“80后”“90后”，已经有很多了。他们读了书，有的考上了大学，毕业后留在了大城市工作、结婚、生子，成了名副其实的城市人。

有的人选择去大城市打工，做蓝领、白领，在大城市里买房买车，融进了大城市的生活。回到白水港来，他们只能算是客人，类似于开着车到农家乐度过周末的城里人。渔民的身份，到了他们的父辈这一代就算结束了，捕鱼捞虾的营生与他们无关。就算国家不搞长江禁捕禁捞，到了他们这一代，也没有人做渔民了，谁会像祖辈父辈那样，驾着渔船在长江上风雨飘摇呢？

渔民们也都明白，儿女们留在家里是没有出息的。白水港村拴不住他们飞向远方的雄心壮志，他们要的是四个轮子的小车，而不是尾部"噗噗噗"响的挂机渔船。理念不一样，人生就不一样。

让人欣喜的是，小小的白水港村，竟然飞出了一只大凤凰。刘泽维的儿子考上了北京大学，专攻计算机科学信息工程，毕业后留在了北京，成了中关村科技城的科学家。

一个小小的渔村，出了这样的人才，都是源于这个村庄里的人重视了教育。他们自觉地让自己的孩子读了书走出去，变成有大出息的人。

刘成志在采访时说了这样一句大实话："如果国家不禁渔，我们的孩子也不会打鱼，今后更不会有人干渔民这个行当。只有我们这些中老年人还会打打鱼，不过不是为了生存需要，而是当作副业。一部分鱼拿去卖钱，一部分鱼留给自己吃，日子比以前任何时候都过得好。"

他说的日子过得好，在我后面的采访中得到了证实。有渔民偷偷告诉我："在我们白水港，哪个家里没有几十万元的存款呢？老夫妻在家里过日子，自己种菜自己吃，就算天天吃肉吃鱼，光银行的利息也足够了！"

从老渔民的口气里，可以听得出他们很欣慰、很满足。现在他们的日子，是以往任何一个历史时期都比不了的，是最好的。后代们都不打鱼了，远离了长江上的风风雨雨；自己临到老了，国家竟然不要他们打鱼了，每年发给渔民补贴，像城里人一样领着工资过舒适的日子，这是以前连想都不敢想的事啊！

刘成志回忆说：2006 年和 2007 年，他们一直在宜昌市大石坝的江段上捕鱼，每天收入都很高。他以为那是渔民最幸福的日子，枕着钱睡觉特别开心。但现在回想起来，他还是觉得那时不如现在好，现在不打鱼了，还有国家发钱过日子，让长江的鱼得以休养生息，多好啊。临到老了，他们还做了大善事——不再捕鱼。

刘成志所说的最好的时候，经我采访了解，确实是一段收获非常多的捕捞期，连他们说的时候都眉飞色舞。

2006 年秋天，白水港渔民在宜都市大石坝那儿，发现了一个天然的大渔场。那可是长江中上游一个特殊的地方，谷深水急，滩险鱼多，简直就是鱼类的天堂。渔民们像发现了宝藏似的蜂拥而来，在六十公里长的长江江面上展开了一场大捕捞，捕获的都是武昌鱼和铜鱼，似乎这两种鱼是捕不尽的，越捕越多，每条渔船的收获都是满满的。

这两种鱼都是季节性的鱼类，而且都生活在长江的深水区，也就是航道中间的位置，是大型客运船只和货运船只航行的主航道。渔船进入主航道捕捞有一定的难度，也存在着相当大的危险，但是，丰厚的渔获，还是吸引他们壮着胆子铤而走险。

武昌鱼想必大家都知道，俗称鳊鱼、草鳊、团头鲂，属鲤形目，是优秀的淡水鱼类，它体形呈扁平状，背部隆起明显，头和嘴巴较小，含肉率高，肉质鲜嫩、美味、肥厚，可食部分达百分之七十以上。特别是糖醋鳊鱼和清蒸鳊鱼，都是人间的美味佳肴。

当年孙权听说陆逊将军大败刘备之后，特别高兴，坚决要求到湖北宜昌犒劳三军，特别要握一握爱将陆逊的手。于是，他带着大队人马，坐着大型战船溯长江而上，来到了湖北鄂城，见到打了大胜仗的陆逊和数万大军。

君臣庆贺之余，孙权发现城南几十里远有座小山很特别。此山有个好名字，叫武昌山。以武为昌，正切合孙权的战斗性格，他本就是以兵戎起家的一方霸主，以武促统是他人生的最大梦想，所以将鄂城改为了武昌。同时他还发现此处有一种特别好吃的鳊鱼，极合他的口味，所以将这种鳊鱼命名为武昌鱼，此鱼成为武昌人向君主进贡的贡鱼。

白水港渔民在宜都市大石坝那儿捕捞的主要鱼类，除了武昌鱼，还有一种极为鲜美的鱼，大名叫"铜鱼"，别称金鳅、水密子、尖头棒、麻花鱼、铜线、芝麻鱼、水米子、长江铜鱼。因为此鱼名贵，体型独特，色彩艳丽，所以古人喜欢依照铜鱼的样子，做金属双鱼佩饰挂在腰间炫耀，这是身份高贵的象征。

但是，长期与铜鱼打交道的渔民们，却称它为"出水烂"，如同花界的昙花，如同出土文物一样遇氧即脆，是所有鱼类中最难伺候的家伙。这种鱼虽然名字不好听，但有一点让人称赞，那就是它的肉特别好吃，鲜嫩得如同豆腐脑、鸡蛋羹，食之即化，满口生津。原来，"出水烂"带有褒奖的意思，好吃的东西特别难保管嘛。

铜鱼属于鲤科，体长，粗壮，体呈金黄色，很像古铜色，所以被称为长江铜鱼。该鱼与长江别的鱼类不相同，前段圆筒状，后段稍侧扁，尾柄部高，头小，和鳊鱼的头一样。铜鱼和鳊鱼像一母所生的兄弟，但身体各不一样，而且体内没有硬刺，全身的肉都是软的，出了水就会死，死了后肉就会烂掉，所以渔民都爱叫它们"出水烂"。

铜鱼是一种金贵的鱼，为半洄游性鱼类，喜欢在流水湍急、水质清新、溶氧丰富的砂壤底质的江段生活。铜鱼是杂食性鱼类，既吃淡水壳菜、蚬、螺蛳和各种软体动物，也吃高等植物的碎片、硅藻、水生昆虫、虾类和幼鱼。不过有一点特别讲究，它们绝对不会吃腐烂的东西，饿死也不会吃。

在白沙坡的考古发掘中，考古人员意外发现了黄金铜鱼随葬品，小巧精致，让人感叹古人非凡的技艺。先人为什么那么喜欢铜鱼呢？这些铜鱼代表着什么？在古代的铜镜上，为什么仅有凶猛的老虎和温情的铜鱼作为符号呢？考古人员一直找不到答案。

在古代和现代的文学作品中，铜鱼也是一种经常出现的生物，比大自然里任何一种鱼类的出镜率都要高，经常在盗墓作品里出现，尤以蛇缠铜鱼的玄幻故事为多。这又是为什么呢？

铜鱼的身世，决定了它的与众不同。

它们虽然不是长江里的霸主，也没有巨型的身体，但产卵能力非常强：一条半斤重的铜鱼，肚子里却能装得下26万多粒鱼卵，每年的4至6月是铜鱼的产卵期，一条母铜鱼竟然能向干净的江底喷吐出几十万粒卵子，三四天后就可孵化出26万多尾鱼苗。那些人类看不见的鱼孩子，得在江水里慢慢长大。

白水港的渔民在秋天是笑逐颜开的，每条渔船每天能捕到一两百斤武昌鱼和铜鱼，拿到市场上去卖的价格是60多元一斤，收入太可观了。

但是，在大石坝那样复杂的江底捕捞武昌鱼和铜鱼，并不是一件很容易的事，得凭过硬的技术撒网。白水港的渔民，在数百年的捕捞实践中，摸清了长江里的所有情况，打鱼技术是一流的，很有经验：他们知道哪里有碍，哪里没碍，碰上了碍要怎样消除。

碍，是白水港渔民自创的专用术语，指的是长江江底的礁石。他们忌讳“暗礁”“礁石”“石头”这些带有凶兆的名词，因为这些词说出来让人觉得不吉利。在长江上捕鱼，若是几条渔船聚到了一起，渔民们不会说“我碰到暗礁了，把网都挂掉了”，而是说“我昨天撒网碰到了碍，弄了半天才消除”。

六千多公里的长江，从湖北宜昌往上，江面变窄，江底暗礁遍布，最著名的有三峡之险。那些地方，虽然没有平缓的江底那么好放网，但有一点吸引渔民：礁石丛林中，鱼儿特别多，许多鱼把那里当作产卵的天堂。当然，聪慧的渔民也把那儿当作捕捞的天堂。

白水港的渔民都知道，有碍的地方不能捕鱼，对渔网的损伤太大了。网被拖拽的过程中，石头的棱角如锋利的刀刃，会把网片割破。但渔民偏偏要去那些有碍的江中撒网，那里巨大的收获总是深深地吸引着他们。渔网一旦被碍挂住了，他们怎么也解不开，该如何是好呢？要么弃网，要么就脱光衣服下到江底去解网，只能二选一。

采访过的多位渔民，都说到了钻进江里解网的痛苦经历，那可是冒着生命危险的事。江底那么深，江水那么冰、那么浑，水里那么暗，没有江中蛟龙一样的潜泳本领，还真不敢脱衣下水。但是，那也是没有办法的办法，渔网的成本太高了，添置一副新网要很多钱，谁舍得让好好的一副网沉在江底呢？

刘成志就跟我详细描述过他下到江里解网的故事，着实惊险和刺激。

有一年冬天的一天，天气很冷，刘成志驾驶着渔船，到了大石坝上游一个江流很急的地方下网。他每年这个时候都会来这个江段下网，每次都有意想不到的收获，有时一天就可以打到三四百斤鱼。

这一天，他怀着期待的心情，把船停在江边，让妻子起网。网是前一天下午下的，他怕水流太急把渔网冲跑了，所以进行了网纲加固，还多放了几个泡沫浮子。

妻子瘦弱的身子伏在船头，两只手交替着拉起一个泡沫浮子，将渔网慢慢从江水里拉上来。冰凉的江水顺着渔网一起上来，滴落在船舱里。一同上来的有各种各样活蹦乱跳的鱼儿，其中就有铜鱼和武昌鱼。它们像贵族的绅士一样，紧紧地粘在网目上，扇动着红色的尾巴，像扭秧歌一样表演着它们特别的舞蹈。

妻子很顺利地收上了两副百米网，船舱里“哗哗啦啦”地响着鱼儿拍水的声音。当拉第三副网时，她却怎么也拉不起来，好像下面有个淘气鬼在和她拔河比赛一样，搞得渔船的船头也跟着在江面上直打转。

“网挂到碍了。”妻子大声地告诉船尾的丈夫。

“挂到碍了？”刚才还高高兴兴的刘成志，听到这话，心里生出一丝不快。网具挂到了碍，是每一个渔民都不愿面对的现实，解网是最让人头痛的事。

妻子一直紧紧地拽着网绳，一边随着船在不同的位置移动，一边变换着角度拉网，期待着能挣脱碍，但她始终没能如愿。

看着妻子忙了好一阵，刘成志知道，今天这个网不是轻易能解得脱的。他抽完一支香烟后，只好叫妻子停止拉拽，把网绳系在桩子上，到船尾来掌舵，自己则到船头上去想办法。

刘成志来到船头，用手拉了拉渔网，发现渔网确实被碍缠得很紧，坐在船上是肯定拉不上来的，似乎唯一能做的就是把网扔掉，让它永远沉在江底。

新渔网是不久前刚织成的，如果不拉上来，刘成志心里有许多的不舍。他觉得应该做一件男人最自豪的事情——下到江水里把渔网解开。花了许多日子一针一线才织成的渔网，值得他去冒这个险。

他看了看天空的太阳，又看了看流动的江水，然后对妻子说：“我想下去把网解开，你一定要把舵稳住哈。”

妻子急忙劝阻道：“别下水，天这么冷，你吃不消。”

她有一句话不敢说出口：“你别下去，太危险了！”那是江上打鱼人禁忌的语言，谁都不敢在亲人面前说出来。

刘成志伸手到水里试了试水温，笑着对妻子说：“还好，水不是很冷，好在没有风，太阳也暖和，我下水只要几分钟就能把网解开，你放心！”

长江上的渔民，一出世就和长江打交道。长江就是衣食父母，他们在长江里出没，在长江里讨生活，练出了一身的本领。

他们就是长江里的鱼，是长江最亲爱的孩子，所以他们用一生来亲近长江、热爱长江、赞美长江，也为长江祈福，个个都成了水中蛟龙。下水解网对他们来说，就是在刀尖上行走，没什么可怕的。

妻子久久地注视着自己的丈夫，看着他迎着太阳脱下外面的棉衣、棉裤，再脱光贴身的单衣，连里面的短裤也脱了，仅剩下赤条条的肉身子；然后在腰上系一根绳子，把另一头系在插竹篙的孔洞里，留下几十米的绳子在船舱里。

渔民下到长江里解网都会脱光衣服，赤身裸体地下水，解了网上来之后，擦干身上的水再穿上干衣服，这样不会影响后面捕鱼。

看着丈夫做完这一切，妻子的心提到了嗓子眼，她想再说什么，却又不敢说出来，只是在心里默默地祈求江里的神仙，保佑她的丈夫一切都平安，保佑丈夫赶快解脱挂在碍上的渔网，顺利回到船上来。

刘成志对妻子笑了笑，然后伸拳踢腿热热身，再捧起江水在胸口拍了拍，发出“啪啪啪”的声响。他张口舒了几口气之后，才像一条鱼一样，沿着船舷慢慢地下到水里。冰冷的水，从脚上一直冰到脖子，他情不自禁地打了几个寒战，长长地吸入了一口气，接着头一伸，便钻进水里去了。

这一连串的动作，干脆又迅速。

刘成志憋着一口气，沿着渔网的纲绳迅速往深处下潜，几个气泡不时地往水面上冒。系在腰上的绳子，也飞快地跟着刘成志往下滑，它在告诉船尾掌着舵的女主人，她的丈夫下潜得很快。

江水很浑浊，到了深处便什么都看不见了，刘成志只能紧紧地依靠着网绳，快速地往下冲，凭感觉摸索，看渔网在哪个地方遇到了碍。几十年的渔民生活，让他练就了解网的绝活，也练就了憋气的本领，他能在水里待很久。

都说长江里住着一位神仙，是观世音菩萨的化身，她能救助所有诚心实意的人，让有求于菩萨的人渡劫波、脱苦海。

刘成志摸到江底后，凭手感发现一块尖锐的礁石挂住了他的渔网，而且有好多条鱼在渔网上挣扎着，攒动着，使得渔网越缠越紧，人不下来无论如何都解不开网。

刘成志绕着礁石转一圈，三五下就把渔网从礁石上解开，然后把网拉离大礁石，确认脱离了碍之后，才顺着渔网的纲绳快速往上升。直到冲出了水面，他才长长地舒了一口气，一个蹦子——翻身上了渔船，牙齿像咬豆子一样嘎嘣响，全身颤抖得厉害，然而胜利的喜悦却充溢着他的心田。

直至看到丈夫上了船，妻子心里的一块石头才落了地。在女人的心里，自己的丈夫永远是伟大的。她搁稳舵把，到睡舱拿了干毛巾，跳过几个隔舱，将毛巾交给了丈夫，无言却又骄傲地看着面前这个赤身裸体的男人。她爱了一辈子的男人，为了家，奋不顾身地完成了一个壮举。

长江似乎要破例嘉奖勇敢者，刘成志这一天的收获非常大，鱼儿排着队列出水，忙得他妻子有点应接不暇了。刘成志用他的勇敢和智慧，在江底访问了一番，感动了鱼类，各种鱼儿都来凑热闹了。

不过，有的碍不是谁都能解得开的，它要是把渔网咬住了，在水下解网的渔民就必须放弃网，再贵的网都得舍弃，否则会有生命危险。

这是什么碍呢？有那么可怕吗？

有，真的让渔民谈之色变。

这种碍，就是沉在江底的各类船只。

由于种种原因，长江的水下沉没了无数的船只，有原始的独木舟，有木排、皮筏子，也有后来的木质船、钢铁船和水泥船。这些船只，可能因为恶劣的天气而沉入江底，也可能因为触礁而沉入江底，还有的是因为两船相撞而沉没，更多的是因为战争，敌我双方的炮火将战舰炸沉，连同官兵一起沉入江底……

历史上，发生在长江的战役有很多，著名的有春秋时期的吴楚之战、吴越之战，汉朝的项羽刘邦之战、三国时期的魏吴赤壁之战、吴蜀之战，隋灭陈之战，宋元时期的襄樊之战，元末的朱元璋陈友谅之战，近代的蒋桂战争，抗日战争时期的武汉大会战，解放军百万雄师渡江战役……这些数不胜数的大战中，该有多少船只、军舰沉在了长江的江底啊？真的是无以计数！

只有渔民们知道，长江的水下其实是一个船舶的收藏大世界。他们在江底解网的摸索中，了解到江底下有很多的沉船，有的已经腐烂得仅剩下船的框架，有的只剩下一支桨、一只锚、一杆桅。当然，也有许多动物的残骸，散落在沉船的里里外外，有很多是驾船人和自己的爱船一起沉在江底，还有无数的将士伤亡之后，随着战舰一起沉入长江……长江的航行史和战争史，就是一部部血泪史、灭亡史，谁也无法去记录它，谁也无法去书写它。这部千古奇书，就默默地沉在长江底下，无人去翻开阅读。

白水港的渔民们在捕鱼的过程中，遇到渔网缠在沉船这样的“险碍”上，都会主动放弃解网，快速地离开这种不吉利的“碍”，尽管心疼花大本钱织出的渔网，但又有什么办法呢？这种碍太复杂了，不但把渔网缠得死死的，弄不好还会把人给缠住。黑暗诡异的水下世界，谁不害怕呢？

第八章

长江的每一片浪花都是美丽的

在长江上捕鱼的渔民，没有一个不爱长江的：长江上的每一片浪花都是美丽的，充满了斑斓的色彩。

在采访中，白水港村的老渔民范礼蓉婆婆，虽然没有说出这么诗意的语言，但她的原话就是这个意思，只要稍微进行文字加工，就是一首诗、一篇散文、一段精美的文字。

范礼蓉原本与长江不搭界，她既不是在长江上生的，也不是在长江上长大的，而是被长江的美吸引来的。

长江为媒，将她这个农家姑娘吸引到白水港来了。几十年前，她登上了驶往长江远处的渔船，从此开始了几十年的长江渔婆生活，也从此爱上了长江，成了长江上一朵美丽的浪花。

1942 年出生的范礼蓉，是旱地上长大的花，没有读过书，长到七岁时迎来了全国解放。土地改革的时候，她家分到了田地和耕牛。父亲将耕牛作为股份加入了农业合作社，小礼蓉作为耕牛的好伙伴，在合作社放牧耕牛，挣取合作社的分红股金。

后来，范礼蓉长大了，成了大姑娘，跟随着父辈的脚步，在家乡的田野上耕耘播种，战天斗地，什么农活她都能干，是农村人家一个好的劳动力。

1960 年，18 岁的范礼蓉在媒人的介绍下，第一次通过昏暗的煤油灯，见到了一个来自邻乡的年轻男子。媒婆介绍说，这个男子是白水港刘村的，叫刘先地，是个渔家子弟，家里有渔船，天天有鱼吃，在长江上过日子比在村里好。长江里的鱼都是海龙王的兵，那是要多少有多少，捕不完捞不尽。白水港的渔民常常吃鱼，日子过得相对安稳。

媒婆用三寸不烂之舌，极力夸赞白水港村如何如何的美好，说得天花乱坠。

那个时候是困难时期，缺吃少穿是很正常的。要是听说哪个地方能吃饱饭，人们都会毫不犹豫地朝那里奔去。

范礼蓉已经饿得做不动事了，听说白水港的人来提亲，白水港的人日子过得那么好，她暗地里很高兴，对那个陌生的地方充满了期待。更何况，面前这个求婚的男子长得还不错，又是在长江上打鱼的人，条件自然非常优越。

范礼蓉没有犹豫和考虑，当场就同意了这桩婚事，甚至还巴不得早一点嫁到白水港刘村去。

但是很快，她就听到村里的人唱的一首描述白水港渔民人家生存环境恶劣的歌谣：

有女不嫁白水港，
天晴下雨爬河坎。
栽架子屋，
绑架子床，
大水一来去他的娘。

从歌词就看得出来，白水港那儿的条件竟然比范礼蓉的娘家更差。洪水一来冲得什么都没有了,那怎么过日子呢?刚刚对白水港村有好感的范礼蓉,有些犹豫了,她不知道哪个真哪个假,媒婆说得那么好,歌谣里却唱得那么差。

但是饥饿难耐和对生存的希望,还是让范礼蓉不顾一切地答应了这门亲事,并且很快嫁到了白水港村。虽然刘家没有鼓乐喧天地迎娶她这位新娘,也没有大红轿子抬她进门,但她是青年渔民明媒正娶的老婆,一条新渔船上的女主人。

范礼蓉的洞房花烛夜,是在白水港村一间茅草屋里度过的,从长江上吹来的冷风,像锋利的刀子一样刺穿破屋的墙洞和屋瓦,直往新郎新娘盖着的棉被里灌来,让新娘范礼蓉第一次知道,长江吹来的风像刀子一样厉害。

没有新婚的甜蜜和浪漫,第二天一大早,范礼蓉就跟着丈夫刘先地走向了白水港,从港边排着的一溜儿渔船中间,找到了他们家的渔船。在丈夫的搀扶下,范礼蓉第一次迈上了被波浪推搡的船舷。六十年过去了,她还清楚地记得,第一次走在船舷上时,她觉得像是踩在棉花上,还险些摔了一跤,是丈夫扶住了她,她才没有掉到水里。

一个十八岁的农村姑娘,一夜间成了一个渔家女人。范礼蓉的身份变了,角色变了,环境也变了。白天,丈夫手把手地教她放网起网、织网补网;夜晚,她和丈夫睡在逼仄的船舱里,寒冷的北风毫无遮挡地吹在她的脸上。

这还不算,最让她难受的是,大风大浪拼命摇晃着渔船的时候,摇得范礼蓉晕船晕到呕吐不停,连肚子里的黄水都吐光了,连肠子都快呕断了。她哭着对丈夫说:“我要回娘家去,永远也不到渔船上来了,我命里注定就不是打鱼的命。”

丈夫一边安慰她一边说:“你回娘家去了,我怎么办?一日夫妻百日恩,我舍不得你走,你也不能走,等过些日子习惯了就好了。”

范礼蓉信了丈夫的话，不再埋怨船上的日子了，总以为真的过习惯了就没事了。可奇怪的是，她根本就不适应在渔船上过生活，晕了好几年的船，只要是大风大浪的天气，她就要闭紧眼睛坐在船舱里，一动也不敢动，睁开眼就会天旋地转，晕得呕吐不止。

值得庆幸的是，她的丈夫对她很关心，渔家的汉子娶个老婆不容易。能够和渔民相濡以沫地过日子的女人，格外受到丈夫的疼爱。范礼蓉在丈夫无微不至的呵护下，逐渐打消了离开白水港村的想法，并且生了三个儿女，一家人乐乐呵呵地生活在一起。

不过，范礼蓉还是经历过几次凶险的事情，现在说出来都觉得害怕。

范礼蓉刚嫁到白水港的时候，洞房花烛夜是在一间茅草屋里度过的，那间茅草屋是她丈夫一家人盖的。丈夫和父母、兄弟到长江岸边割来芦苇，将芦苇编织成折子，和泥巴一起糊成墙壁，再在墙壁上加盖厚厚的茅草，就成了渔家人的婚房。这样的房子很小，满屋子充满着泥巴气味，加上芦苇、茅草的清香，别有一番风味。

可就是这样简陋的房子，老天爷也不想让他们住得踏实。在一个风雨交加、暴涨大水的晚上，泥房子垮塌了，被大水冲走了，一并带走的还有锅碗瓢盆和桌子板凳，竹子支起来的床连枕头和被子都被卷走了。幸好他们跑得及时，躲过了劫难，却只能在风雨中悲伤、感叹。

还有一次的凶险经历也很可怕，不过这样的可怕经历，是每个白水港的媳妇都要经历的。范礼蓉说出来的故事，是所有白水港的女人都不愿意回忆的故事。

范礼蓉嫁到白水港村七年后才怀上孩子，之前她一直以为自己怀不上孩子。她心里日渐着急，可着急也没用，急也急不来。

直到 1967 年的某个日子，范礼蓉悄悄地怀上了孩子，夫妻俩高兴得不得了,就指望着渔家有后呢。怀胎十个月,要生第一个孩子了,尽管十分紧张和害怕,但她表面上若无其事,该做的事还得一件不少地做。渔家的女人命苦,男人只管打鱼、卖鱼,女人得做家务事,没有别的人可以依靠。

到了生孩子的时候,无论渔船在哪里捕鱼,女人都无法去医院待产,甚至没有接生婆帮助接生,全靠女人自己——自己给自己接生。拿着剪刀剪断脐带的那一刻,是女人力气用尽的时候,之后的事情只能靠丈夫处理了。

范礼蓉说她的三个孩子出生的时候,家里的渔船都在长江三峡那里捕鱼,离城市远,离医院远,离别的渔船也远,根本没法指望别人来帮忙助产,就跟别的动物生孩子是一样的。她后来看电视,看到《动物世界》里的动物生产,就会联想到白水港的渔家女人生孩子,那情形是一模一样的,都是女人自己给自己接生。那技术都是逼出来的,没有谁教,自学成才。

生老大的时候,渔船在三峡那里追鱼群,鱼多得不得了,网网都不落空,渔民们充满了收鱼的喜悦,在二十世纪六十年代,有鱼就有生存的保障。忙了一天的范礼蓉,突然觉得肚子很痛,怀疑自己要生孩子了。她一下子害怕起来,眼睛无助地看着自己的丈夫。丈夫尽管对她好,可他不是产婆,不能接生孩子。要是开始生产了,该怎么办呢?

在这长江之上,烟雨蒙蒙,各种船只来往穿梭,却唯独不见家乡的渔船出现。听见妻子在船舱里痛得直叫唤,刘先地束手无策,他不知道自己如何帮助妻子。

也算是急中生智吧,刘先地连渔网也不收了,鱼也不要了,急忙掉转船头,扯起两张帆,借助江上的劲风,掌稳了舵把,往家的方向快速驶去。此时他只有一个愿望,就是快点赶回白水港。村里的女人可以帮助他的老婆生孩子。他也希望在半路上见到同村的渔船,船上有同村的女人,只要有一两个女人过船来帮忙,一切就好办了。

初为人母的范礼蓉,并不知道自己哪一天生孩子,所以跟着丈夫在三峡水域打鱼时,也没有什么紧迫的感觉。当突然感觉到肚子痛时,她已经躺在舱里痛得打滚了。

刘先地一边焦急地搜寻着同村的渔船,一边拿好话安慰老婆。第一次看见老婆生孩子的痛苦样子,他害怕极了。刘先地和范礼蓉算是有福气,当他们家的渔船驶到宜昌对面的江面时,刘先地远远地看见有两条渔船在岸边放网,驶到近前才看清正是同村人家的渔船,他们正在荡着慢桨下网呢。

刘先地扯开嗓子,大喊着村里人的名字,像遇到了救星一样朝他们直招手。对面的船老大听到了刘先地的呼喊,忙问是什么事。刘先地说:"我老婆要生孩子了,请梅花婶和桂菊嫂子快到我船上来帮个忙。"

白水港的人讲义气,当同村的人家有难时,谁都会赶来帮忙。在千里长江上,白水港的渔民讲究的就是团结一条心。为了保护全村人捕捞的水域不被外人侵占,全村的人必须拧成一股绳,必须一致对外,否则,长江上的捕捞场所早被外地渔民占去了。

两条船上的船老大听了刘先地的话,二话不说,叫正在船头放网的老婆停止作业,待三条船一靠拢,就马上过船去帮助接生。刘先地马上降下帆、停住船,静等两条渔船一左一右地靠拢过来,在江岸边建起一个临时的"妇产医院"。

三条渔船在江岸边紧靠在一起后,三个男人快速地让三条船头尾相接,抛锚在一个小小的江湾里,安静且神圣地等待着一个新的小生命的到来。梅花婶和桂菊嫂,来到刘先地的船上后,马上就忙开了——忙着接生的事情。

都说久病成医,其实,女人生多了孩子,同样可以接生。这不,富有接生经验的梅花婶和桂菊嫂,是真的在行——开水烧好了,也给剪刀消毒了。梅花婶叫刘先地到另外两条船上去,女人生孩子,哪能让男人在场观看呢?

三个年龄相差二十多岁的男人,聚在一条渔船上,坐成一圈,一边开心地抽着竹筒旱烟,一边看着夕阳西下,天南地北地聊着。刘先地内心特别激动,幻想着孩子的样子。此时,他的目光看向远方,只见满天的彩霞映红了江面,波光粼粼的江水格外好看,比以往任何时候都好看。

三个男人都忘记了吃晚饭,有旱烟抽,有茶喝,肚子就不饿了。他们看着太阳下山,天慢慢地黑了,满天的星星也出来了。另一条船上还不断传来范礼蓉的叫喊声,让这三个男人既紧张又害怕。他们不知道女人生孩子有多么痛,只知道自己的女人都哭天抢地地叫喊过。渔船上地方太小,女人生孩子的喊叫声,他们都听得清清楚楚,想不听还躲避不了呢。

夜晚的长江上,远处的船只在航行,发出"扑扑扑"的声音;夜行的白帆船斜仄着船身,在航标灯的指示下,像隐士一样破浪前进。近处的江面上,不时有鱼儿跃出水面,在空中弹一下尾巴,又"啪"的一声落进水里。近处,江水的流动声和波浪的脚步声,轻轻地拍打着船舷,演奏着一首轻缓的长江夜曲。

都说女人生第一胎孩子是过鬼门关,可这鬼门关的台阶也太多、太长了。已经二十五岁的范礼蓉,是生孩子比较晚的,在当时属于大龄产妇了。是不是难产?都大半天过去了,孩子还没有露头,急得两个助产的女人坐在那儿六神无主,只得眼巴巴地看着范礼蓉痛苦地叫喊,汗水把身子下面的棉絮都洇湿了,隆起的腹部就是不见动静。

弯弯的月亮从长江的东边升起来,直到升上天顶,三个男人才听到了婴儿的第一声啼哭。那小小的哭声,在安静的长江上却显得很有力量,首先把刘先地手里的旱烟杆震落到了舱板上。他傻愣愣地站起来,立在那里激动不已,等待着来人向他报告母子平安的消息。

这个生育过程有些漫长,文字略微有些啰唆,但是反映了白水港渔村的女人特殊的经历。她们是大自然眷顾的钢铁女人,也是大自然孕育儿女的英雄母亲。她们在千里长江之上,享受不到医院妇产科的安全助产待遇,等不来专业的接生婆帮忙接生,只能像长江里的鱼儿一样,自然孕育、自然分娩,她们就是鱼儿的化身啊!

范礼蓉的三个儿女全都是在长江上出生的,全赖村里的姐妹们帮她接生。几十年过去,她还一直记着这份情,欠着这份情。当然,她也为村里的姐妹们接过生。哪条船上的媳妇要生孩子,她都积极地赶过去,熟练地干着接生婆的工作。

其实这并不算什么,白水港的渔家女人都是这么做的,而且一代一代地传承着、接替着,形成了一种良好的互帮互助模式。

刘先地和范礼蓉夫妇生的三个儿女,都顺利地长大成人了。大儿子、小儿子和女儿,从小跟着他们打鱼,练就了一身的打鱼本领,是白水港渔民中的佼佼者。不过,长江流域禁捕、保护长江生态的法规实施后,他们就率先退出了渔民队伍,当起了店老板。

大儿子和女儿在城里开了渔具店,专门卖钓竿,为城市里的人垂钓服务;小儿子远行新疆,到那儿做大生意去了,开店卖新疆的葡萄干和各种干果,把白水港渔民的刚毅性格带到了吐鲁番盆地,在那里长成了一棵大树,生意做得顺风顺水,很有发展前景。

采访结束的时候,范礼蓉老婆婆补充道:她大儿子的女儿大学毕业后,在三峡职业技术学院当老师,1989 年出生的,都结婚生孩子了。

我猜想老婆婆跟我说孙女的事,可能有几层意思:一是家里的后代有出息了,孙女都当上大学老师了;二是家里已经没有人再打鱼了,儿女不打鱼了,连孙辈也不打鱼了;三是白水港村出人才,她家也出了大学老师。打鱼的人家也有大出息了,这让她特别骄傲。

第九章

鸡窝里飞出的金凤凰

最让白水港村的人感到骄傲的，是刘泽维的小儿子，他是鸡窝里飞出的金凤凰。

这只金凤凰，高考的时候一鼓作气，考上了无数学子向往的北京大学，就读于计算机科学信息工程系。2009 年，正在北大读书的他，非常荣幸地参加了国庆大典，作为科技方队的队员接受国家领导人的亲切接见。

毕业后，这只金凤凰作为高精尖人才进入北京中关村科技城工作，为祖国的尖端技术做贡献。

刘泽维的小儿子出生于 1989 年，比大儿子小好几岁。刘泽维的老婆，在没有任何女人帮忙接生的情况下，自己剪断脐带，将这个孩子生了下来。小儿子的到来，让刘泽维高兴得不得了。更让他高兴的是，十多年后，小儿子一举考上了北京大学，为白水港的渔家人增了光彩、长了志气。

为了把两个儿子培养成人，刘泽维在家里特别困难的情况下，将孩子放在村里读书，不让他们上船打鱼，并拜托村里的亲人帮忙照顾两个孩子的吃住。后来两个孩子上了中学，他又将他们安排在学校里住宿，并保证提供足够的生活费。

看刘泽维的日子过得太苦了，村里有人出于好心，劝他不要让两个孩子读书，至少应该留一个孩子在身边当渔民，家里的渔船需要有人驾，渔网需要有人抛入江中，总不能今后没有子孙接班打鱼吧?!

没有读过书的刘泽维，对好心劝他的人只是友好地笑笑，却并没有将两个儿子拉回来做渔民。他很重视孩子的教育，像村里很多人家一样，希望自己的孩子从村里走出去。如果真的能考上大学，儿子就有前途了。就算今后儿子没有考上大学，他也不后悔，读了书总比他这个文盲强多了。

1957 年出生的刘泽维，在娘肚子里时就生活在渔船上。从会走路开始，父母就用绳子把他系在船舱里，两只脚没有走过泥巴路。他每天看到的，是滚滚长江水，是船来船往、不舍昼夜的繁忙景象，是父母放网起网、下钩起钩，把打上来的鱼扔进船舱的情景。这个世界呈现在他眼前的，都那样的精彩。大自然每天都重复着同样的事情。

他最喜欢看父母打上来的大鱼，各种各样的鱼都有。有的大鱼有闪亮的鳞片、红红的尾巴，还有长长的胡子。鱼在鱼舱里蹦蹦跳跳的，把浅浅的水撩起来，都溅到小泽维的脸上和身上，好像两个小朋友在打水仗，一个扭动着身子，一个露出小乳牙笑着。他还喜欢和大鱼说话，长江里的鱼是通人性的，嘴巴不停地一张一合，圆圆的眼睛忽闪忽闪的，那是鱼儿在和刘泽维说话呢。渔家的孩子懂鱼的语言，从牙牙学语开始，就学会了和鱼说话。

世界上只有亲近动物的孩子，才能听懂动物说话：鸟有鸟音，鱼有鱼语，天鹅、大雁说话是唱歌，老虎、狮子说话是吼叫，蚊子说话是嗡嗡嗡，虫子说话是唧唧唧。可能动物界的语种，要比人类的语种多得多。

到了十二岁的时候，刘泽维就成了父亲的小伙计，成了渔船上正式的渔民。渔家的孩子也有大人给他举办成人礼，这种成人礼没有仪式感，没有焚香敬天地的过程，但孩子心里明白，自己已经是大人了，有了责任和担当，可以独自去闯荡江湖，做一个顶天立地的人。父亲把一双船桨交到他手里，说一声："孩子，你来！"

就这么简单，渔家人不讲究烦琐，心里明白就行。

村里有的同龄人背着书包，蹦蹦跳跳去上学的快乐样子，让刘泽维看着十分羡慕，甚至晚上做梦都梦到自己背着书包去上学。他梦见同学们在地上走，自己在天上飞。当他从天上落到地上的时候，那梦就醒了。不是他父亲不愿意送他读书，而是家里实在太困难了，根本拿不出他的学费。

为了多打鱼，刘泽维的父亲不顾山峡急流的危险，和妻子一起驾着渔船，追着鱼群，来到了四川境内巴东县一带的长江水域进行捕捞，却没想到被人家抓住，说是闯进了人家的捕捞水域，破坏了长江捕捞的规矩。那些人硬是连人带船把他们关进了渔港，不问青红皂白，就对他的父亲进行长时间的毒打，非说他是偷鱼贼，还把他的双手反绑在柱子上，不给他吃饭喝水，受尽了折磨。母亲怎么解释都不行，只能天天以泪洗面。

过了很多天，巴东县的人才打电话到白水港村，要求当地政府派人去交罚款，然后才能放人。白水港人这才知道，刘泽维的父母被抓了，于是派人去接他们回来。可对方说，村里人不能接他走，得乡政府出面担保才行！

几经波折，白水港的村民和乡政府领导才将被打得遍体鳞伤的刘泽维父亲领了回来，但他已经成了残疾人，再也不能到长江里打鱼了。在离开巴东县渔村的时候，白水港人咬牙切齿地扔下一句狠话："希望你们不要落在白水港人手上。只要抓住了，你们领回的就是尸体！"

从此以后，宜都白水港渔民和四川巴东的渔民成了生死冤家，老死不相往来。只要在长江上相遇，必定会有更加可怕的惩罚。但是，这样的结果后来并没有发生，大家都是在长江讨生活的渔民，没有解不开的仇，因为大家活着都不容易。

父亲被打伤致残后，家庭的重担就落在刘泽维兄弟稚嫩的肩膀上，他们要继续打鱼维持家里的生活。本来就很困难的家庭，因为父亲伤残变得更加艰难了。

就这样，刘泽维失去了读书的机会，做了新社会的一个“睁眼瞎”。但他没有放弃读书的梦想，知道“三代不读书，不如一窝猪”的浅显道理。等自己的两个儿子到了读书的年龄，他就毫不犹豫地送他们上学，再大的困难都不会让他中断儿子的学业。

有一次，调皮的小儿子不想上学了，很向往渔民在长江打鱼的逍遥和自在，说想跟着父亲学打鱼。小儿子觉得打鱼很刺激，来钱快，而读书还得要父母给他钱。刘泽维耐心地听完儿子说的话，没有发脾气，没有问为什么，也没有去问老师情况，而是坐下来，耐心地给他讲了一个故事：

“1978 年农历十月十六日，我记得特别清楚，永远也忘不了。那一天是阴天，风不小也不大，浪不小也不大，跟平常没有什么不一样，对打鱼也没有影响。村里有八九条渔船在长江打鱼，我和你妈妈的船也在里面。大家相距不是很远，有的渔船甚至还互相看得见。这本来是没有任何变故的吧？和往常没有两样，但就在大家都忙着下网或者放滚钩的时候，江上突然刮起一阵狂风，就是人们说的龙卷风，呼呼作响，天摇地动，江水突然卷起白浪，好像有妖怪在江里兴风作浪一样，吹得我们的渔船前栽后仰，随时都有翻船的可能，太可怕了。”

刘泽维说到这里，停顿了一阵，没有急着往下说，他在观察读高一的小儿子有没有认真听。

小儿子喜欢打鱼，自然喜欢听在长江打鱼的故事，他觉得那样刺激、好玩。他看了《水浒传》里阮氏三兄弟的故事，心里特别羡慕，觉得打鱼充满了生活的乐趣，唱着歌一个猛子扎进水里，那才是渔民的幸福人生。

在小儿子的催促下，刘泽维接着往下讲：

“我们一看这阵势，知道来头不小，凭经验判断，那是能翻船的飓风，必须靠岸躲避！于是，我们赶紧停止作业，放到一半的网扔掉不要了，急忙荡起双桨往岸边靠，心想，只要船头靠了岸，危险就没有了，再大的风浪也不要紧。我们惊魂未定地把渔船靠岸，把铁锚扎进岸上的泥土里，才算长舒了一口气。”

“那后来呢？故事到这里就结束了？”小儿子急忙问，他想听到这个故事的结尾。

“后来我们靠了岸的人一点数，发现少了一条渔船，是高兴福家的渔船没有靠岸。开始我们还以为他家的渔船停到别的地方去了，大家都没有在意。但到了第二天早上，风平浪静了，我们在江中收网收钩时，仍然没有看到高兴福家的渔船，大家心里就隐隐有点儿不安，担心昨天狂风大作的时候高兴福家出了事。直到晚上，所有的渔船回归白水港，我们还是没有见到高兴福家的渔船归港。不祥的兆头让我们都觉得害怕，我们担心高兴福家出事，但又不敢往翻船的事故上去想。但愿他们一家人开着渔船突然出现在我们面前。”

“后来呢？这一家人到哪去了？”小儿子迫不及待地问。

“你在村里听说过高兴福这个名字吗？”刘泽维反问小儿子。

“没有，没有人说过这个名字。”

刘泽维长长地叹了口气，看着小儿子说：“村里没有人敢说这个名字，更不敢讲这个故事。打鱼的人，天天在长江上划船，最忌讳谈论长江里的事故，平时连想都不敢想那些忌讳的事，只求每一天都平平安安！”

“最后高兴福一家人怎么样了？”

“后面的事你就不要问了，那一家人之后就不见了踪影。那可是一家三口啊,高兴福的老婆叫李家凤,儿子叫高春年,多好的一家人啊,说没就没了!"

刘泽维说到这里,眼圈都红了。对往事的回忆,让他很伤感。如果不是为了开导小儿子继续读书,他才不愿回忆这件伤心的事呢。

"爸,既然村里的人都不敢讲这个故事,那你今天为什么要给我讲呢?"

"孩子,你是读过书的人,还不知道爸爸讲这个故事的意思吗?"

"爸,我懂了,我这就到学校去。后年高考,看我的!"

两年后,刘泽维的小儿子令人惊喜地考上了北京大学,成了长江上的一只大鹏,展翅飞得又高又远。

吃尽苦头的刘泽维,扶持两个儿子读书,他们都有了美好的前程:

小儿子从北京大学毕业后,成了北京中关村科技城的科学家;大儿子高中毕业后,独自去浙江温州打工,在那里一边工作一边自修大学课程,毕业后开办了一所学校——总部在北京的连锁学校,培养了一大批优秀的人才。

第十章

寻找发财的水上之路

白水港人实在是穷怕了，渔民在水里找不到财富，农民在田里找不到财富。建在长江边的茅草屋、土砖屋，风雨一来就倒了，想送小孩到学校去读书，连一年两元钱的学费都交不起。这样的日子，过得一点盼头都没有，愁死人了！

但是，人生没有永久的霉运，好日子正悄悄地向白水港村走来。

1972 年 12 月，白水港村通电了，家家户户都告别了煤油灯时代，到了晚上把开关绳子一拉，电灯泡就亮了。高高地吊在屋子横梁上的电灯，让整个厅堂都亮堂了许多。在白水港人看来，他们的新时代到来了。电灯，将他们的历史划分成黑暗和光明两个时代。他们看到了生存的美好希望！

别小看了这小小的电灯，它真的把白水港人的心都照亮了。

白水港渔业大队的渔民们，坐在明晃晃的电灯下，一边抽着旱烟，一边谈论着未来的日子，把在外面见到的新奇事说出来，让大家高兴高兴。他们觉得时代变了，社会安定了，人人都想过安稳的日子。在这个好时代，白水港人都在想办法挣钱，既然靠打鱼发不了财，那就开辟第二条路试试，说不准靠别的路子能发财呢。

大家看着烟雾从屋顶的缝里跑出去,心思也跟随着跑远了。他们开动脑筋,个个都想在传统的捕捞作业模式上寻找一条新的出路,彻底改变渔花子的穷苦命。

可新的出路在哪里呢?

在商言商,在水言水,一辈子在水上奔跑的渔民,当然是把新的出路放在了水上。

他们在打鱼、卖鱼的过程中,没少听人说,在长江跑运输的老板都发了财,也确实看到货运大船满载着货物、高扬着白帆在长江上来往穿梭。那货船多大啊?比他们的渔船大多了,也气派多了,行驶在长江上,就是财富的象征。

白水港的渔民们心动了,统一了思想,想发财的梦想自然都落到了运输船舶上。也许改变白水港渔民命运的,就是水上运输。

都说三个臭皮匠赛过诸葛亮,那一百多个渔民聚在一起,要胜过多少个诸葛亮呢?反正那些日子,白水港渔业大队的户主们都是兴高采烈的,为自己即将找到一条新的出路而高兴。

新上任的原白水大队书记尤清德,听说渔业村要集资买船,很惊喜,当即肯定了他们的想法,认为渔民们脑子活络。

很快,渔业大队举全村之力,集资购买了一艘28.5吨的运输木船,扬起两片白色的风帆,犁波逐浪从外地驶进了白水港,停泊在渔船的旁边。

许多人家拿了爆竹,来到木船前面燃放,噼噼啪啪地响个不停。开天辟地第一回啊,打鱼的人家有了这么大的运输船,离发财的日子还会远吗?

渔业大队挑选了三个行事老成的渔民,作为运输船上的船老大、大副、水手,他们在一个大吉大利的日子,开着运输木船驶出了白水港,加入了长江运输的浩荡队伍。

运输船上用白油漆写了“白水港001号”字样，在驾驶室上面插上的鲜红的五星红旗，在风中可劲地飘着，飘得每一个渔民心潮澎湃！那可是每家每户凑钱买来的船啊，今后就能大把大把地挣钱分红了。倒是白水大队的农民们，一个个心里痒痒的，觉得同一个村里的人，渔民可以买船，农民为什么就不能买船呢？要发财，大伙一起发，不能他们天天吃肉，我们作田人只能天天喝粥吧？

这里有个问题需要说明：

西湖围垦成为圩堤之后，枝城成立了西湖农场，有耕地2700多亩。白水港和龙王台两个村庄被纳入农场，作为两个耕作区并存。后来，白水港耕作区一分为二，改为白水大队和白水渔业大队。其实，两个大队的人都住在同一个村庄里，只不过，他们一半是渔民，一半是农民。

白水大队的人全是农民，专门从事农业生产；白水渔业大队的人全是渔民，专门从事捕捞。

同一个村庄上的人，享受的待遇完全不一样，有些让人啼笑皆非。

白水大队和白水渔业大队最典型的区别就是：白水大队的人只管种田，吃的是农业粮，向国家交的公粮是自己种的粮食；而白水渔业大队属非农性质，也就是人们常说的吃商品粮，粮食由国家供应。渔民向国家交的“公粮”是自己打的鱼，80%的鲜鱼交给国家，20%由自己支配，而且有硬性指标，一个渔民一年要向国家交几万斤鲜鱼，完成了指标有粮食奖励。

所以，双方一比较，事情就明显了。白水大队的农民羡慕白水渔业大队的渔民，认为打鱼的比作田的好很多，简直一个天上，一个地下。

可是渔业大队的人也在抱怨，说渔民不但风险大，生命没有保障，而且投资也大，打鱼的成本太高，每年添置渔网和维修渔船都要几百元，生产开支是农民的几十倍，还没有农民过得踏实。

当时国家有一个政策，让人看到了农业和渔业之间的差别：凡是嫁到白水渔业大队的媳妇和招上门的女婿，粮食户籍关系只能转到从事农业生产的白水大队。比如嫁到或入赘到白水渔业大队的李德友、唐传秀、薛家琴等十二个媳妇和女婿，只能将户籍关系转到白水大队，到那里去从事农业生产。直到几年之后政策有了变化，他们才好不容易转到了白水渔业大队，成为正式的渔民。

这都是当时白水大队和白水渔业大队的故事，所以渔业大队的渔民集资买船跑运输，与白水大队的农民没有一点关系。白水大队的农民眼红也是现实存在的。

买来的运输木船是一艘旧船，破了几个大洞的两面白色帆布，经过村里妇女巧手的缝补，变得像新的一样。这好比村里一个年轻人外出跑江湖，要尽量穿得体面些，寒碜了怕让别人看不起。

但是在跑长江的货运大船中，这艘仅能装载 28. 5 吨的木帆船，显然满足不了客户的要求。货物量大的时候，这样的木帆船是无法多装货物的，跑一趟的成本费用也高。

跑了一年下来，尽管船没有停过，船上三个人也没闲过，但挣的钱并不多，年终结算的时候，连买船的钱都没有挣回来。不过，大家心里还是蛮高兴的，一心期待着第二年发财。

第二年，胆大的白水港渔民将这艘木帆船进行改装，买来柴油发动机装在木帆船尾部。机器一响，螺旋桨在水里一转，水花四溅，船就跑了起来，比用两片白帆鼓着风航行快多了。从此以后，木帆船再也用不着扬帆起航，再也用不着仄着船体在江中航行。只需机器一响，船就能犁开波浪向前行驶。

更让人高兴的是，经过这样一改装，原本限载 28. 5 吨的木帆船，一下子成了限载 52 吨的机帆船，运输的成本降低了，运输的货物量也大大增加了，挣的钱也就更多了。

在这一年,也就是1974年夏天,尝到了机帆船跑运输挣钱甜头的白水港渔业大队,又出资建造了一艘全新的机动木船,限载18吨,跑长江上的中、短途运输,取名“白水港002号”,和“白水港001号”成为姊妹船。

1975年,白水港渔业大队又出资数万,到四川买来一艘木船参与水上运输,改装后限载33吨,命名为“白水港003号”,简称川字头船。

1976年,白水港渔业大队又出资打造一艘机动木船参与水上运输,限载23吨,命名为“白水港004号”,简称猫字头船。

一个小小的长江渔村,在1973年至1976年的短短四年中,举全村之力,在没有要国家、政府一分钱的情况下,竟然一口气添置了四艘运输船,组成了一个规模较大的运输船队。在宜都县乃至宜昌市,白水港渔民的名声都很大。

社会上很多人都说:白水港的渔民就是有经营头脑,不但会打鱼,还会跑货运挣钱,长江的好处都被他们占了。

名声大了,新的事情就来了,白水渔业大队的人为此还到政府部门去反映了多次,但最终还是渔民们做出让步。

1975年,上级有关部门做出新的决定:将所有渔民的商品粮供应,由每人每月定量,改为渔业产量与粮食供应挂钩,渔民上交给国家的鱼多,吃的粮食就多;反之,上交的鱼少,吃的粮食就少。

这看似是奖勤罚懒,鼓励渔民们多打鱼、多交鱼,但确实把渔民们吓到了。俗话说“只许得栏里的猪,许不得河里的鱼”,养在栏里的猪说什么时候拉去卖,都是十拿九稳,但河里的鱼就不一样了,鱼不是哪个人养的,是到处游动的,钻到网里了才算收成,它不来网里就作不得数了,怎么能与粮食供应挂钩呢？再说,这长江里的鱼越来越少,产量越来越低。

白水港渔民为自己的未来捏了一把汗，这商品粮要是吃几十年，今后的日子就真的不好过了，每天都得提心吊胆。

渔民们集体来到了枝城区政府，向领导们倒倒苦水，要求把商品粮供应改回原来的方式。

最后，白水港的渔民考虑到国家的粮食政策因素，只好按照上级的要求执行。好在村里有四艘运输船在挣钱。如果粮食不够吃，大家可以到粮店买点粮弥补不足。

白水港的渔民们在大是大非的问题上，还是讲道理的，做事都比较理性，不会胡搅蛮缠，生活给了他们审时度势的思辨能力。但是，如果渔民的生命出现了危险，被恶人欺负了，捕捞场所被人强占了，那他们一定会拼命。

从那次粮食改革以后，白水渔业大队的渔民彻底改变了粮食供应的性质，户籍改为了农业人口中的非农业户籍，比原来的身份降低了一个档次。粮食供应还是一户一证，只是根据每年的渔业产量核定供应量。吃“皇粮”不再是很保险的事，吃多吃少得由长江决定，得由水里的鱼儿说话。

由于粮食供应和户籍性质改变了，审批制度相对宽松了，一些干部家属的户口很容易从农村转入白水渔业大队，而人却不在白水港村居住，更不在白水港从事生产劳动。但是，他们却和渔民一样，享受着粮油供应的同等待遇。这些白水港渔村的“空挂户口”，暗中盘剥着渔民们的利益。

到了 1981 年和 1982 年，改革开放如火如荼地进行，农业实行责任承包制，田地包产到户，与之相应的渔民兄弟，也开始实行包产到船，规定每条渔船上交承包费 280 元。这一下，渔民的负担减轻了，打鱼的积极性也提高了。

但有一件奇怪的事却不被人理解，在“大锅饭”被打破之后，各地农村的集体经济已经被个体经济取代，白水港村的渔民们却仍然抱成一团，把集体经济保留了下来，转换成了股份制经济。1983 年，他们在原有的四艘运输船的基础上，又出资购买了运输 26 号船，壮大了村里的运输船队。到了年终股份分红的时候，村里的渔民们可开心了，抱着大把的现金回家过年。

1984 年，全国取消人民公社，同时取消了白水大队和渔业大队，成立白水港村和渔业村。渔业村党支部书记为刘泽保，副书记为刘泽奎。经济联合社社长为刘泽望，合作社成员为王长英、陈学华、刘义、江代香。

那是一个全民开始经商的年代，看着渔业村买运输船发了财，白水港村的农民兄弟也坐不住了，他们贷款成立了村办砂石厂、预制厂、建筑队，学着渔业村的模式挣钱。

而渔业村这时候更是干劲十足，接连出资购买了两艘大运输船：1984 年出资购买了 38 号运输船；1985 年出资购买了 50 号、51 号运输船。

也就是在这一年，渔业村拥有了八艘运输船，相当于拥有了一支水上编队，运输的吨位达到了一个新的高峰。看着这么大规模的水上运输船队，渔民们高兴啊。他们经过商量，正式成立了白水港船队，在长江上浩浩荡荡地航行，并且还利用紧靠长江的地理优势，在港咀成立了砂石厂，使白水港渔业村的股份制企业达到了顶峰。

很显然，白水港渔业村的渔民们在渔业捕捞之外寻求的新产业——物流运输业是成功的，创造了千百年来从未有过的幸福生活。不过他们没有从银行贷款经商，而是采取滚雪球的方式，把从运输船队挣到的利润进行再投资，以获得更多的利润。

自古以来，长江不缺英雄豪杰，不缺锦囊妙计，但缺少冲锋陷阵的骁勇将士。白水港的渔民们是平凡的，但做事有头脑，富有创新精神，甚至思想理念还走在时代的前列。比如出资购买运输船只跑货运，是从 1973 年开始的，那时候割资本主义尾巴的镰刀还在“嚯嚯嚯”地磨着，可他们就是不怕死，为了走向富裕的生活，没有一个人做缩头乌龟。

四十多年过去了，我现在写那段历史，还是觉得不可思议。我一直想知道那些渔民是如何谈到要出资购买运输船只的？是谁第一个提出来的？

正当白水渔业大队的渔民们都在想着挣钱致富的时候，村里也不乏歪风邪气。个别人以为渔村是个法外之地，偷偷干些违法犯罪的勾当，结果在1983年出事了。“全国开展‘严打’，渔业大队有五名社员入狱。”这是《白水港村大事记》中的原文。

经过了解，白水渔业大队有五个人被公安局抓走，他们犯下了抢劫罪、轮奸罪、流氓罪，其中一人被判死刑缓期执行，一人被判十五年有期徒刑，两人被判十年有期徒刑，一人被判五年有期徒刑。

教训是深刻的，代价是惨痛的，从历史风雨中走来的白水港渔民，从未有过这样的不肖子孙！他们给白水港人脸上抹黑了，一时间，白水港的渔民们情绪低落，出去都觉得脸上无光。

为了让大家振作精神、走出阴霾，渔业村又出资购买了一艘新的运输船，让白水港人重新找到了自信。

这一年，白水港渔业村还发生了一件大事，国家开始在长江实施中华鲟禁捕。白鳍豚、中华鲟、白鲟、江豚、胭脂鱼等，都被定为国家重点保护水生动物，不准任何人对这些国家重点保护水生动物进行捕捞。不但禁止捕捞，更不允许买卖，偷捕、偷卖都属于违法犯罪行为。因此，所有长江上的专业渔民，都因为禁捕受到了影响，遭受了一定的经济损失。为了弥补这个损失，国家补贴渔业大队十万元，用作专业渔民的生活补助，这是国家的一项惠渔政策。

这可是一笔可观的收入，渔业村对这笔资金考虑了很久，如果是分给所有渔民，渔民人家可以改善生活，可以弥补经济损失，人人都会说好。不过，钱发到手里一下子就用掉了，国家的扶持没多大的意义。如果将这十万块钱用于投资，作为渔业村永久受益的项目，会不会更好呢？权衡再三，渔业村想将这十万块钱用于渔业养殖开发——放水养鱼，增加财源，有利于子孙后代。

经过商量，所有渔民达成了共识，渔业大队最后将这些钱用于徐家溪的水面开发，以渔养鱼，总面积一百亩。徐家溪位于白石坡村境内，由渔业村和白石坡村各自永久性经营五十亩，渔民们很赞成这种做法。

渔业村有了一些积蓄之后，渔民们一致呼吁要改善村小学的教学条件，不能让孩子们坐在已成危房的教室里上课。于是，在1986年春天，渔业村和白水港村经过商议，决定由两个村联合改建白水港小学，所需资金平摊。土木校舍被改建为砖木校舍，危房教室被推倒重建，这对于重视教育的渔民们来说，是一件非常好的事情，谁不愿自家的孩子能够坐在明亮的教室里上课呢？

小学教学条件改善后，1987年春天，渔业村和白水港村紧接着联合兴建一座大型蓄水塔，把长江之水抽到塔顶的水箱，然后通过管道进入白水港的所有人家。这是一项关乎百姓生活的大工程，多少人翘首以盼啊！不幸的是，由于地下水质不符合饮用水的标准，导致该水塔建成后闲置了三十年。2017年，村民多次反映：经过风吹日晒的水塔开始风化，不时有砖石水泥下落，好几次差点砸到路人头上。为了确保安全，村委会当年就将水塔拆除了。

事情在1994年发生了令人意想不到的变化，渔业村于1975年和1976年出资购买的两艘机动运输船，因为管理不善、年久失修，于这一年的夏天，一同沉没在长江水底。这是一件谁也不愿谈及的事情，两条船打了水漂啊！

这两艘机动运输木船，分别是川字头船和猫字头船，其损失令人扼腕叹息！它们都是白水港渔业村的大功臣，年年为村民们挣大钱，如今却永远成了长江底下的无主沉船。

渔民们感叹道："这两条船开始时经营得好好的，突然承包给了个人经营。承包者只管多拉货、多挣钱，却缺少对船只的养护，所以好好的运输船，就这样跑散架了，太可惜了！"

紧接着，1973 年购买的 28.5 吨的运输木船（后改装成限载 52 吨），又因为经营不善，于 1995 年卖掉了。作为白水港渔业村的第一艘运输船，挣了 22 年钱的大功臣，竟被当作一个包袱甩掉了。与来时鞭炮齐鸣的景象形成鲜明对比的是，它被新的主人当作一艘破船买走了，走得寂静无声，连欢送的人都没有。如果是一个有感情的人，在驶离白水港码头时，他一定会黯然神伤，泪洒长江。

更令人伤感的还在后头呢：

1974 年购买的第二艘机动木船，经营至 1994 年出售；

1984 年购买的 38 号运输船，经营至 1994 年出售；

1985 年购买的 50 号、51 号运输船，经营至 1996 年出售；

1983 年购买的 26 号运输船，作为白水港渔业村最后的一艘运输船，经营至 2005 年出售。

至此，白水港渔业村红红火火经营了二十多年的长江运输船队，最后关上了大门，画上了一个无奈的句号，渔业捕捞之外的第二条发财之路断了。

第十一章

长江边的垂钓老人

有一天早上，我在白水港渔村美丽的蓝色小道上散步时，看见茂密的芦苇丛中坐着一个人，一动也不动。他面朝长江，背向着我，拿着一根钓鱼竿，像是在安安静静地垂钓。我沿着江边铺成的石条斜坡小径，轻轻地走到老人的背后，故意咳了一声，提醒老人，后面有人走过来了。

听到动静，老人把钓鱼竿架好，转过身，站起来看着我。

我这才看清楚：老人一头花白的头发，脸上的皮肤黑里透着一种红铜色，对我慈祥地笑着。我和老人握了握手，他的手劲挺大，粗大的手掌没有软绵绵的感觉。

老人身材不高，体胖，但很壮实，不像是老态龙钟的样子。跟那些坐在家里佝偻着身体的老人比较，他的气质和精神完全不一样。

我和老人站在水边随便聊了起来，江水细碎的波浪在他的脚后跟推搡着，两边茂密的芦苇在水里晃动着，远处的浮子却一动不动地立在那里，证明没有鱼儿上钩。

老人叫刘臣松，1937 年出生，是白水港刘氏第十三世裔孙。他的远祖太公从江西鄱阳湖迁往四川忠州（今重庆忠县），在那里生活了几百年；他的始祖太公刘贵又从四川忠州迁来湖北宜都清江嘴，在那儿繁衍生息了几百年；一世祖刘华卿太公从清江嘴迁居白水港，组成了白水港世系，也在那里过了几百年。从一世祖刘华卿太公到刘臣松这一辈，共十三世。刘臣松是一世祖刘华卿的第十三代裔孙，正宗的白水港人。

刘臣松小时候，在先生家里读了四年私塾，从 1946 年读到全国解放。解放军打过长江时，大部队在白水港和国民党军打过一仗，枪炮声响得不得了，他还偷偷地躲在村边的草窝里看打仗呢。

白水港解放以后，刘臣松本想继续读书，但父亲却不让他再读了，说他是家里的长子，下面还有三个弟弟妹妹，生活比较困难，要他出来做事挣钱。他父亲觉得读了四年书足够了，村里很多同龄的孩子还没有跨过学堂门呢。

其实，刘臣松不读书还有另外一个原因，就是土改的时候，家里分到的一亩多田没人种，父亲想让他帮着种田，能收点稻谷是最好的事。祖祖辈辈都是打鱼的，第一次从地主手里分到了一亩多田，他们非常高兴，以后自己可以种稻子，供家里人吃。

刘臣松的父亲从小就在长江打鱼，小时候做船上的小伙计，放网、收网样样在行。后来成了家，他就做了船老大，和老婆一起驾船打鱼，直到三十多岁才改行——在长江上跑运输。他脑瓜子灵活，买了一条限载四吨多的双桅小帆船，从沙市到宜昌，来来回回地跑，总想为家里多挣点钱。

船上需要水手，刘臣松就被父亲叫到了船上撑篙。他年纪虽小，但人灵活，是个好水手，码货、洗船样样都主动去做，从不需要父亲点拨。仅比渔船大一倍的运输木帆船，在他的指挥下走得顺顺当当，从没有和别的船只相撞过，更没有和江中的礁石触碰过。他左舷一篙，右舷一篙，稳稳地调整着船的行驶方向。有时候，他得用肩膀顶着篙尾，两只赤脚在舷边稳稳地走着，让船驶离码头。有时候，他得拉着纤绳，在长江上逆水而行，细小的身体向前躬着，两只手像脚一样落地。他是长江上一个出色的纤夫，常常和别人搭帮拉动一艘运输船逆水前进。

解放以后的白水港村变化很大，土地改革之后又成立了农民互助组，接着是初级合作社、高级合作社，让老百姓感觉跟不上形势，主要还是因为大家没文化，对中央的很多政策和文件理解不透彻。

白水港村急需读了书的人当干部，这是当时各级政府的迫切需要。

1956 年成立高级合作社时，正在长江上和父亲一起驾驶运输帆船的刘臣松，被人从船上叫了下来，安排到合作社当治保主任，兼搞财务工作。合作社里没事的时候，他就上船和父亲一起跑运输，反正公事、私事两不误。

刘臣松和父亲应该是白水港渔民中最早转型的渔民代表。他们放弃打鱼的职业，开始在长江上跑货物运输，挣的钱自然比打鱼的人多。

刘臣松到高级合作社当干部时，正好二十岁。由于有文化，认得字，能写材料，在 1959 年国家招收干部时，他被招收为国家正式干部，每个月都可以拿工资。白水港村的所有人都很羡慕，说他是个有福气的人，跳出了农村，不用当渔民，也不用跟着父亲跑货物运输了。

当上了国家干部的刘臣松，很快调到了县交通局工作，在航运公司做秘书，一年以后又调到了县政府上班，肩挑秘书和统计两副担子。两年后，县发改委需要领导干部，组织上又要他去发改委上班。哪里需要干部，他就被县长调到哪里。当时，各级党政部门缺少人才，都想要读过书的干部去挑大梁。因此，二十多岁的刘臣松成了各单位争抢的年轻干部。

年轻气盛、没有处世经验的刘臣松，被同事嫉妒，出于现实考虑和家庭需要，最终回到了白水港渔村。

在县里努力工作了六年的刘臣松，经过一段时间的思想沉淀，慢慢地想通了许多事，还是觉得生活在家乡好。和乡亲们在一起过日子，互相尊重、互相理解,有饭大家一起吃,有快乐大家一起分享,这样的日子,是他年少时没有体会到的。如今两相比较,他深切地感受到了,纵使白水港再穷,他也不想离开了,他想在这个祖祖辈辈生活的地方,心无旁骛地过一辈子。

后来,刘臣松在家乡结婚、生子,驾驶着渔船和大伙一起,到西湖里放网捕鱼,到长江上经历风雨,过着恬淡的日子。他自嘲自己就过着陶渊明那种愉悦的农家生活,“采菊东篱下,悠然见南山”,“种豆南山下,草盛豆苗稀。晨兴理荒秽,带月荷锄归。道狭草木长,夕露沾我衣。衣沾不足惜,但使愿无违”。

不过,刘臣松的日子比陶渊明的安稳多了。他就像一位隐士,大隐于渔村的烟火气中,不写一个文字,不吟一句诗词,甚至不读书、不看报,和老婆一起养大了几个儿女,平平安安地度过这一生。

刘臣松在家乡当了十六年的渔民后,事情突然有了颠覆性的变化,让他一时间都反应不过来。

那是1980年春天的某一天,从县城来的几个人径直走进了白水港渔村,在村口问人家:“请问刘臣松同志在家吗?”

村里的人警惕性很强,就问:“你们找哪个刘臣松?”

“就是原来在县里当秘书的刘臣松啊?难道你们村里有几个刘臣松?”

村里的人不答又问:“你们找刘臣松干吗?是抓他吗?”

县里来的人急忙解释:“我们不是来抓他,是来请他回县里去上班。”

“他到长江打鱼去了。”村里人这才如实说道。

“那他什么时候回来?”

“说不准,要十天半个月吧。”

“要那么久吗?”县里的人惊讶地问。

“我们打鱼的,在长江几百里长的江面上打鱼,十天半个月能回来一趟算是快的。”

“那我们怎么能见到他呢？我们一定要见到他本人才行。”

村里人挠了挠头，迟疑了好一阵才改口说：“那我带你们到他家里去看看吧，兴许他在家呢。”

其实老人刚刚还看到刘臣松在家呢，他说谎是因为怕这些人来抓刘臣松。那年头不太平，陌生人到村里来不会是什么好事。

县里来的几个人互相看了看，眨着眼睛笑了一下，感觉这个老人刚才是在提防他们，才谎称刘臣松不在家，听说请刘臣松回县里上班，马上又说带他们去刘臣松家里看看，这说明老人对刘臣松的感情很好，既保护他，又希望他好。

一行人来到刘臣松家，老婆说他有事出去了，可能等一下就回来。县里来的人听了很高兴，于是就坐在屋外的场上闲聊，一边聊一边等着刘臣松，但眼睛却一直在注视面前这个房子。

刘臣松一家人住在低矮的小瓦屋里，土砖砌的墙，灰瓦盖的顶，屋前的椽子伸出一节在外面，经过多年的风吹日晒，都腐烂了。瓦屋的木格窗户很小，大门口很窄。用石灰刷过的大门两边，连春联都没有贴。这样的住宿条件，和村里别的人家比，只能算一般。

县里几个领导的印象是，刘臣松的日子过得并不好。

过了一段时间，刘臣松回来了。他奇怪地看着场上围坐着的人，心里有些紧张地问他们是干什么的。

县里来的三个人中，有一个人马上站起来问：“你就是刘臣松同志吗？我们是宜都县委组织部的。”

刘臣松回答：“我就是刘臣松，请问有什么事吗？”

“哦，刘臣松同志，鉴于你之前在县里工作过多年，表现出色，党和政府要请你返回工作岗位，继续全心全意地为人民服务。”

刘臣松站在那里，认真听完了县里领导的话，像是松了一口气。他长长地叹了一口气，嘴唇动了动，想说什么，但没有说出来。

“刘臣松同志，我们准备为你安排一个合适的工作，请问你有什么要求吗？”县委组织部的领导热情地问道。

刘臣松没有立即回答，而是低着头默不作声，像是在考虑如何表达他的想法似的。在对方热切的眼神催促下，他只好声音低缓地说：“谢谢党和政府的好意，谢谢你们的关心！但我刚才想了一下，还是不去工作好。我就想继续打我的鱼，别的什么都不想要了。”

“你没有别的要求吗？”

“没有什么要求。”

“但党的政策是要恢复你的工作。”

“我在乡下待了十多年了，还能去干什么呢？”

“我们可以给你安排比较轻松的工作啊！”

“算了吧，我并不想去占什么位子，我只想安安稳稳地过日子。”

这些话让众人出乎意料，谁都没想到一个干部居然不想要工作，而且连一点要求都不提。这体现了他的傲骨和高尚情操，也着实让县委组织部的几位同志感受到了他的与众不同。

“刘臣松同志，我们非常敬佩你的为人，你是一个很有骨气的人。但为了落实党的政策，工作一定要帮你安排。你不要再推辞了，也不要让我们为难！”

到这里，刘臣松再也没有理由拒绝了。他想了许久，突然冒出一句话：“我有个小小的要求，不知行不行？”

“你快说，是什么要求？”

“能让我大儿子顶职吗?”

“这——个?”

“你这个要求不过分,我们可以考虑!”

过了一些日子,刘臣松的心愿实现了,他的大儿子刘爱平到县城上班去了。

而刘臣松自己,则作为退休干部提前退休,每个月有退休金。

这一年,刘臣松才四十三岁。

第十二章

流动在外的白水港渔村

我在白水港渔村采访期间，有一天跟刘成忠、刘泽应、刘为民、鲁家仁、刘红岗几个老渔民聊起渔民的生活，很轻松就打开了他们的话匣子，他们把渔民们在外地打鱼的生活讲得特别生动、有趣，我们听了也好像生活在水乡的环境当中。

他们说，白水港的渔民在改革开放以前跟流浪汉是一样的，而且是带着全家人一起流浪。陆地上低矮的破房子没有人住，一家人都挤在一条渔船上。

后来白水港渔村终于有了两个村子：一个是陆地上移不动的渔村，政府在那里帮忙盖了房子；另一个是在水上流动的渔村，虽然水上渔村的人没有陆地上的多，但水上的白水港渔村人员更集中，平时见面也热情得多。他们大半辈子都生活在流动的白水港渔村，那里的生活比陆地上的生活不知要快活多少，记忆也深刻得多。

刘成忠很瘦，但身体很结实，手臂和大小腿像鳡鱼的身子一样粗壮。打了一辈子鱼的人，都是这么精壮的样子。他戴着廉价的黑色边框眼镜，像一个知识分子，坐在我对面文质彬彬的，实际上他只读了小学。

他十三岁小学毕业后，就被父亲叫上船当了小伙计，干着大人一样的事。他父亲和别人不一样，一开始就教他荡桨，说上船不学会荡桨没什么用，男人首先就是要学会驾渔船，在长江上闯荡。

刚握着桨把学荡桨的时候，刘成忠刚刚到桨把的高度。父亲在他的脚下垫一个矮凳子，增加他的高度，这样他荡桨就轻松多了。

父亲教他认识长江的水路，告诉他，从哪儿到哪儿，都是白水港渔民撒网捕鱼的地段，别的地方千万别去，去了不但被别的地方的渔民打个半死，还会扣船扣网。

这话说得挺吓人的，刘成忠都记在了心里。按照他的性格，他一辈子都不会闯进别人的水域打鱼，他只想过本分的日子，反正这辈子都不想发大财。

刘成忠在父亲的严格教导下，很快就学会了荡桨，并且父子同心，把渔船划进了湖南长沙的洞庭湖，那里是白水港打鱼的渔场；从洞庭湖出来，往上划到了与四川忠州交界的水域。父亲告诉他：这里的渔场与人家的渔场紧挨着，千万不能越界打鱼。

从四川忠州折返，刘成忠驾驶着渔船顺流而下，一直到江城武汉才停了下来，一鼓作气走了几百公里的水路。父亲告诉他，这一路上都有白水港渔民的捕捞作业水域，可以放心捕捞，但要遵守捕捞的秩序，要和村里的渔船结伴捕捞，不能像解放前那样，各家各户分散打鱼，没有集体作业的意识，搞得互相不团结。

新中国成立以后，从初级合作社到高级合作社，再到人民公社，白水港的渔民按照集体生产劳动分工，外出打鱼都以集体出动、同工同酬的形式进行，一百多条渔船从白水港启航，浩浩荡荡地驶进长江，气势大得很。

长江上没有风的时候，船队的每一条渔船，都由一个人在岸上拉纤，一个人在船上掌舵,船行得艰难而又缓慢。他们日行夜宿,到达一个捕捞点往往需要好几天。拉纤是有技术的,江水和渔船也和人一样,都是有性格和脾气的,顺着江水和渔船的脾气,渔船就走得顺利轻松,如果不懂得江水和渔船互相的依赖性,蛮横地拉纤,渔船就会被拉翻。

窄小的渔船根本就没有稳定性,小小渔船的船底,就像老太太的三寸金莲脚,走路一点也不稳当。

白水港的渔民是特别能吃苦的,无论多累多难、多热多冷,都要将渔船拉到下一个捕捞作业点。经过一些山崖峭壁多的江段时,拉纤的人要在危险重重的山崖间攀缓行走,稍有不慎,就会滚落到江水里,生死没法保证,只能听天由命。打鱼人经历的苦和累,没有打过鱼的人是体会不到的,因此打鱼佬的命运攒在打鱼佬自己手里。

老天有时候也跟白水港的渔民开玩笑——一点风都没有,渔船上的两片风帆根本用不着升到桅杆顶端。特别是在往长江的上游行驶时,在岸上拉纤的人是最辛苦的,逆水行舟,不进则退,拉纤的人拉得没了力气时,渔船便赖在水上不肯走,拉纤的人只得咬着牙齿,和翻滚的长江逆流比拼着韧劲和耐力。

打鱼的人都喜欢长江上刮二三级的和风,风吹动着渔船上的两片白帆,鼓动着渔船在有细浪的江水上悠然行驶,那才是一种难得的快乐。他们最怕长江上刮四五级以上的大风,风吹起的大浪会把渔船掀翻……

白水港的渔民每天放完网之后,会让所有的渔船停靠在一起,船舷靠着船舷,自然形成了一个水上的白水港渔民村落。大家可以从这条渔船走到那条渔船上去玩耍,打打闹闹取个乐子,嘻嘻哈哈笑上一阵子,就图个穷开心。

白水港渔村的人快乐、友善,不计较得失、荣辱,有着淳朴的民风,这是非常难得的处世态度。几个姓氏的族人，自古以来就有人人都会背诵的族训。

比如刘氏的族训：以国事为先，以富裕为准；以诚信为本，以友善为谐。村里有一千多人的刘氏，和村里另几个姓氏的人和睦相处了几百年，亲上加亲，亲如一家，没有族训的规范和约束，是很难做到的。

在白水港渔村的渔民驿站墙上，还贴有村里鲁氏的族训：辛勤耕读，惠泽子孙；崇尚节俭，廉洁立身。

村里郑氏的族训更是文雅，十六字让人感动：敬父如天，敬母如地；汝之子孙，亦复如是。

各姓之间都有这样的族训一代代传承，处世自然高尚平和，令人肃然起敬。

在白水港的村落里，不会出现欺男霸女的丑事，没有风流事传得沸沸扬扬。渔船上仅方寸之大，一家人吃喝拉撒都在船上，闲来无事时，大家会互相串个门，说些家长里短。

一条船就是一户人家，所有的渔民分为两个大阵营：

一是船主，也称船老大、船老板，外人称之为打鱼佬，实际是一条渔船上的父亲。这些掌握着家中财政大权的男主人，会在怀里揣上一些小票子，拿着水烟筒或者竹节烟杆，几个人聚在一起，打打骨牌、扑克或者花牌。大家玩上半个晚上就散了，都不贪玩，玩够了就乐呵呵地回自家船上睡觉，因为明天一大早还要到江中去收网起鱼、卖鱼呢。

船主们还有一大爱好，就是大伙儿互相邀伴，七八个人或者十来个人，摸着黑去当地人开的茶楼或者茶座里听说书，借此消磨晚上的光阴。湖北人有说书的传统：说书人开一个喝茶的小店，里面摆上十几张桌子、几十条凳子；听客们花一毛钱，泡一杯本地的廉价茶，便可以坐在桌边安静地听人说书。

听客们的桌上不仅有茶，还有糕点，吃完了就付钱，如果不吃，离开的时候就只需要付茶钱。有的去听说书的白水港渔民，偶尔会吃一两块糕点解解馋，但大多数都不吃糕点。家里生活困难，花钱吃糕点不合算，所以店主说打鱼佬小气，舍不得多花一分钱。

说书人都有一张巧舌如簧的嘴，瘦长的身体穿着长衫，站在桌子前面，手一撩长衫，开场的惊堂木一拍，便接着昨天的“且听下回分解”继续讲故事。他们主要讲《三国演义》《武松》《岳飞》《薛刚反唐》，结束时永远说一句“且听下回分解”，永远也讲不完。不是一直在一个地方打鱼的白水港渔民，永远听不到整本书的开头，也永远听不到整本书的结尾，听一个晚上算一个晚上，把遗憾带到下一个捕捞作业点去。

二是渔船上的小伙计们。小伙计都是些十几岁的孩子，他们会在陆地上玩各种游戏，一般岸边是茂盛的草地，孩子们会在草地上练摔跤、翻跟斗，斗狠，把年轻人的快乐和自由都表现了出来。渔家的年轻小伙子天天干的是力气活，荡桨、拉纤都是重活，能练出一身的力量。在一起摔跤时，还真像是打生死架，喊声震天，互不相让，打斗相当激烈。

他们也会一起到附近的集镇去看电影。有的公社在忠字馆、大礼堂里放电影，有人守门，陌生人不让进，只允许说本地话的人进去，像他们这些操白水港方言的人是绝对不能进的。有的地方请当地的黑社会老大守门，他们这些打鱼佬说不定还会挨打。

不过这样的事不多，因为白水港的人一般不会闹事，不让看电影就算了，就一起到街上去看稀奇。有的集镇，他们来过多次，有的没来过，所以看看稀奇也好。有些地方会在外面的场上竖起两棵长长的杉树，在两树之间挂一块银幕，放露天电影。这样放电影，谁都可以看，又不花钱，看的人都高兴。不过,他们和本地人站在一起看电影时,身上的鱼腥味会让人家不高兴,人家会捏着鼻子走开。

他们什么电影都看,但看打仗的电影是最开心的。《地道战》《地雷战》和《渡江侦察记》,他们不知道看了多少遍,可就是看不厌。说实话,除了这些电影,也没有什么新电影可看。

后来,开始放武打电影《少林寺》,所有地方都是关起门来看,而且要买票,外地人是无法看到这个电影的。白水港的小青年们,无论到哪里泊港,晚上都要到附近的集镇上去打听有没有《少林寺》的电影看,哪怕就站在屋外听听电影里的武打声都是好的。他们只能站在墙外听电影,虽然看不见电影里的人物,看不到激烈的打斗场面,但是把电影里的插曲全部都学会了,捏着喉咙唱《牧羊曲》,放开喉咙唱《少林少林》。以后每天荡桨或者拉纤,他们都会不停歇地唱:"少林少林,有多少英雄豪杰都来把你敬仰……"

几百里的长江两岸,都是白水港渔民小伙伴们的大舞台,他们把快乐撒在了拉纤的路上,也把歌声撒在了拉纤的路上,那些被赤脚踩出的脚窝子,深深地镶嵌在沿途的礁石上,成为永远的印记。

现在这些渔民都老了,有的已经六十多岁,有的已经七十多岁。头上的头发像芦花一样白了,但说起年少时的经历,他们还是津津乐道。

第十三章

捕捞中华鲟的人们

白水港的白发老人们坐在一起，很喜欢谈论他们年少时捕获中华鲟的惊险故事。虽然几十年过去了，中华鲟已经禁止捕捞，人们再也看不到它们的巨大身躯了，但留存在渔民们记忆中的一幕幕，还是让他们津津乐道。

老人们年轻的时候，都是捕捞中华鲟的亲历者，每年都要为捕捞到几百斤重一条的中华鲟欢呼几天。

中华鲟，可不是普普通通的鱼，它们是万里长江中的鱼王，是水中的霸主。常见的中华鲟体长有 1 米多，体重 100 多公斤；最大的体长会超过 5 米，体重超过 600 公斤，和一头大水牛一样重。它们是长江中真正的霸主，统治了长江一亿多年。

白水港的渔民和整个长江沿岸的渔民一样，会因为捕到一条中华鲟感到骄傲和自豪，因为那是长江鱼王，能捕鱼王者，必定是骁勇善战之人，也必然会受到所有人的敬重。

我们先来了解一下中华鲟吧，长江鱼王的头衔可不是徒有虚名的。

在中华鲟的简历中有这样的介绍：

中华鲟是硬骨鱼纲、鲟科的鱼类，体呈纺锤形，头尖吻长。口前有四条吻须。口位在腹面,有伸缩性,并能伸成筒状。体被覆五行大而硬的骨鳞,背面一行,体侧和腹侧各两行。尾鳍为歪尾型,偶鳍具有宽阔的基部,背鳍与臀鳍相对。腹鳍位于背鳍前方,鳍及尾鳍的基部具有棘状鳞。肠内具有螺旋瓣。肛门和泄殖孔位于腹鳍基部附近。输卵管的开口与卵巢远离。

没有见过中华鲟的人,看了这段简介文字,肯定不知道中华鲟是什么样子。文字写得过于专业,让人搞不清楚中华鲟到底长成什么样,所以中华鲟在人们的想象中是模糊的。

中华鲟是水中霸主,在长江中可以大摇大摆地游动。除了渔民能够捕捉它们,其他的水生生物都不敢拦住它们的去路,它们庞大的身躯就像一艘潜水艇,谁碰谁倒霉。但是,真实的它们并不凶悍,而是行事低调的底栖鱼类。它们是肉食性鱼类,主要吃一些小型动物或者行动迟缓的底栖动物。

中华鲟有很多的别名,如鲟鱼、鳇鲟、黄鲟、覃龙、鳇鱼、鲟鲨等,是距今1.4 亿年的中生代末期上白垩纪出现的动物,和恐龙生活在同一个时期。

中华鲟除了在长江里生活,还在海洋里生活,它们本来就是海洋里的原住居民,广阔无边的大海是它们的故乡。它们来到长江,畅游长江三千多公里,只是为爱而来,长江是它们孵化爱情结晶的温床。

在海洋里,大的中华鲟以鱼类为主,甲壳类次之,软体动物较少。而幼小的中华鲟,只吃海底的鱼和蛇、鲲属、蛹属及磷虾、蚬类等。它们没有野蛮的攻击行为,属于中规中矩的海洋大国公民。

说到底,中华鲟几乎可以在地球上所有水域生活,可以畅游在任何江河湖海！当它从遥远的大海游弋到长江里来,就是长江水生动物界的王公贵族。

我在白水港渔村采访时,很遗憾没有见到中华鲟的影像资料,只见到一盘黄灿灿的中华鲟卵子的照片,是三十多年前该村的渔民捕获了一条四百多公斤的中华鲟，在村里宰杀之后拍摄的。据渔民们回忆：这条中华鲟宰杀之后，头、尾和肉有两百五十多公斤，卵子和五脏有一百五十多公斤，其中卵子大约有一百公斤。鲟肉全部卖给了食品公司抵上交任务，头尾、卵子等全部分给了村里人家食用。

现在，宰杀中华鲟是法律绝对不允许的，但在长江渔业没有受法律保护之前，长江里的中华鲟有很多，可以作为名贵鱼类进行捕捞。等到人们要用法律保护它们的时候，中华鲟已经很少了，快灭绝了，难以见到它们畅游长江了，难以见到它们和恐龙一样骨感的身影了。它们像神秘的天使一样难觅芳踪！

白水港的渔民们说："长江里已经少有它们的身影，真是太可惜了。"

我在白水港渔村采访结束十多天后，白水港渔村的党总支书记李春梅给我发来一张彩色照片，说是在一个渔民家里意外发现的，珍贵得不得了，对我写作这篇文章有非常直观的视觉帮助。

照片上，有一条侧躺在地上的中华鲟，大约有三百公斤，有三米多长。中华鲟白色的躯体上布满着滚钩挂出的血窟窿，殷红的鲜血在躯体上流淌着，红色的鲜血和白色的躯体在自然光下形成了强烈的色差。

中华鲟张开着嘴巴，像喊救命一样。它在被几十只滚钩挂住、死死缠住时，一定像一个想突破重围的勇士，拼了命地想挣脱滚钩的无情抓挠。锋利的滚钩是人类最具杀伤力的水中武器，是专门用来捕杀大型鱼类的大杀器。一二百米长的麻绳纲上，隔一二尺就牢牢地绑着一只磨得异常锋利的铁钩。

大型鱼类在游动的过程中，只要碰上了一只滚钩，还没反应过来，钩子就刺进了肉里。等鱼感觉到痛而想摆脱铁钩时，就已经晚了，再怎么努力都逃脱不掉。它哪里知道，身体的每一下扭动，都会招致更多的滚钩参与进来，挂在滚钩上的数百只弯钩，就会像捆仙索一样，将它缠成一只大刺猬，无论怎么努力都是徒劳的。等待它的最终结局是，渔民们合起伙来，将它和缠成麻花的滚钩一起拉上岸。

这条从长江深水域来到渔民家里的中华鲟，以一种无比悲壮的形式走完了它的生命旅程，等待它的便是渔民们的宰杀。它是被人称为长江鱼王的霸主啊，此时却只能高翘着几片巨大的鱼鳍，那鱼鳍像几只待飞的风筝一样，停在白色的躯体上。

这张珍藏的照片上，在中华鲟的肚子旁，站着一个约五岁的男孩。他表情凝重地看着前来看热闹的人群，在拍摄者的要求下，左手抓着中华鲟高翘的胸鳍，摆着姿势和已经死去的中华鲟照了一张照片。

李春梅书记在照片的下面留了一段文字："白水港村刘泽翠夫妻于1987年在长江宜昌葛洲坝捕获的中华鲟。交给渔政后，其子刘杰与中华鲟合影。"

按照时间推算，1987年和中华鲟合影的刘杰，当时是四五岁的样子，一晃过去了三十四年，现在应该有三十八九岁了吧？他是否记得小时候曾经和一条长江鱼王合过影？他已经从童年走到了中年，而那条中华鲟，却永远只能定格在一张珍贵的照片上。

1987年捕获这条中华鲟的刘泽翠，是我在白水港村的村委会会议室里采访过的老人。他谈了很多捕捞方面的故事，也谈到了他和妻子多次捕到中华鲟的情况，但唯独没有谈及儿子刘杰和这条中华鲟合影的照片。

刘泽翠1955年10月出生在渔船上，是父母亲用绳子系在船上养育大的。到了上学的年龄，父亲将他送到村里的小学读了三年书。他十一岁的时候，父亲就没让他继续读书，而是让他上船当了小伙计。渔民的儿子，只有打鱼一个门路，从小学会打鱼才是正道。

刘泽翠说，他想读书，不喜欢天天在水上打鱼，渔民三面朝水，一面朝天,一天到晚在渔船上待着,听不到朗朗的读书声,总觉得活着没意义。渔民人家有句谚语说得很直白:养儿做酒争口气,打鱼挖藕气死人。打鱼的人,什么时候能过上好日子呢?其实谁都知道,打鱼佬什么时候都过不上好日子,只能生活在社会的最底层,过着忍气吞声的日子,根本没有出头之日。

刘泽翠二十六岁时经历过一次生死劫难,差一点就家破人亡了。从那以后,他就苦苦盼望着结束打鱼的日子,不在长江里打鱼,就不会担惊受怕啊!一家人过着风吹雨打的生活,什么时候是个头呢?

有一天,刘泽翠在升起白帆的时候,没注意渔船前面出现了一个漩涡,当一股强风吹来,帆借着强风的推力,将小小的渔船推进了漩涡,船顿时像一片叶子一样打着转转,随时都有沉船的可能。当刘泽翠意识到危险的时候,已经晚了。又一股强风吹过,渔船便向一边翻了过去,一家三口人都掉进了江里。

就在船侧翻的危急关头,刘泽翠一把将妻子抓住,利用惯性的作用,拼尽全力将她推到了航标灯船的跟前,叫她赶快爬到航标灯船上去,因为她不会游泳,只有航标灯船可以救她的命。万幸的是,他妻子慌乱之中抓到了航标灯的柱子,艰难地爬了上去,吓得瘫坐在航标灯船上直哭。

刘泽翠见妻子暂时安全了,便返回身,下潜到船舱里去搜寻儿子。出生仅仅五个月的大儿子,此时正浸没在冰冷的江水里,生死未卜。他伸出两只手,不顾一切地在舱内摸索着,终于摸到了襁褓中的儿子。他从江水中钻了出来,顾不得自己呛了几口水,赶紧把儿子举过头顶,双脚踩着水游到了航标灯船跟前,想把儿子交到妻子手里,可仔细一看,妻子又不见了。

这一下刘泽翠慌了,刚才还在航标灯船上坐着的妻子,怎么转身就不见了呢?刘泽翠看着已经底朝天的渔船,又看了看空空的航标灯船,急得大声喊妻子的名字:“周吉英!周——吉——英!”

听不到妻子的回答，刘泽翠只好先把襁褓里的儿子放在航标灯船上，待放稳当后，才转过身去搜寻妻子。他在水面上疯狂地转动着身体，两只手掌拼命地拍打江水，嘴里呼喊着妻子的名字。疯狂怒吼的刘泽翠，似乎感动了长江里的神仙：旋转的江水终于将他的妻子从漩涡里托了起来，在他几米远的地方一沉一浮。

刘泽翠认得妻子的衣服，那红、白、黄三色相间的衣服是他每天都要看上无数遍的。当看到妻子的衣服一沉一浮时，他不顾一切地游过去，一把死死地抓住衣服，利用水的浮力，将妻子带到了航标灯船边上，然后用尽全身的力气，将妻子推到了航标灯船上。

累得半死的刘泽翠，见两个亲人都成功救下了，便抓着航标灯船直喘粗气。他想爬上航标灯船休息一下，但小小的航标灯船承受不了三个人的重量，随时都有侧翻的危险。他只能牢牢地抓住航标灯船的舷边，借助水的浮力摆动着身子，不至于被湍急的江水冲走。

缓过神来的妻子，吓得拼命地大哭，一边哭一边大声地喊救命。可是在水天茫茫的长江上，谁会听得见一个人的呼救声呢？谁会来救他们呢？

来来往往行驶的大客轮和大货船，也许没有发现航标灯船上有人在呼救，或者见到了他们，但以为他们是航标站的人，在修理航标灯，抑或是他们停不下船来救人。反正没有人来救这一家三口人的性命。

刚上航标灯船不久的一家人，再次发生了不幸。因为风太大，航标灯船也被吹翻了，一家三口再次落水。刘泽翠手举着孩子，背着妻子，向岸边奋力游去，经过半个多小时，才到了岸上。

上到岸边，刘泽翠找到了同村人的渔船，安顿好妻儿后，又和大家一起去追赶被江水冲远了的渔船。底朝天的渔船，最终被拉回到岸边。翻过来一看，船上所有的一切都没有了，唯独剩下一个空船壳。

这是1981年发生的江难事故,刘泽翠和周吉英夫妻俩,抱着出生才五个月的儿子,一无所有地回到了白水港渔村,住在一间小瓦屋里,几个月都生活在惊恐不安之中。周吉英说:“只要晚上做梦,我就掉到水里,怎么也爬不上岸。”

在相当长的一段时间内,周吉英都后悔嫁给了一个渔民,差一点淹死在长江里。那种惊吓,她一辈子都忘不掉。而更忘不掉的是,她偏偏在特别的地方遇到了一个特别的人。一个叫刘泽翠的年轻小伙子,不知怎么撞到她心里来了。

从她高中毕业开始,就有媒人一个接一个地到她家里来说媒,把大门槛都踏破了,可她三四年都没有看中一个如意郎君。命运跟她开了一个大玩笑:她在半路上捡到了一个如意郎君,两个人自由恋爱了。

她娘家离白水港村有五公里远的路,和白水港渔村是相邻的两个大队。本来他们没有缘分,后经媒人从中牵线,他们恋爱、结婚了,花样年华的周吉英嫁到白水港渔业村做了一个渔婆。

那是个很有趣的爱情故事。

有一次,刘泽翠和周吉英在一条山路上走着,一前一后地走了几里山路,互相不认识,却搭上了话。周吉英性格很开朗,胆子也大,见到刘泽翠在后面走,就主动停了下来,想等他赶上来。走寂静的山路,需要有个伴说说话。

走近了,两个人都不觉得陌生,而且互相有好感,就很随和地说起话来。周吉英看刘泽翠长得一表人才,就是脸上黑了一点,总的来说还是很经看的。两个人互相报了生辰八字,家住在哪个地方,希望以后多见面等。在当时,这些信息本来是由媒婆介绍的,结果他们自己报了,完全是因为互相有好感。

周吉英的娘家是半山区，种水稻和棉花。听刘泽翠说他家是打鱼的，天天有鱼吃，她非常向往，决定今生今世要嫁给渔民刘泽翠。她心里想：做个渔民多好啊，在长江上坐着船来来往往，沿江好多城市都可以去玩，而且天天有鱼吃，那真是神仙过的日子。她已经厌倦了农业生产，双抢和秋收冬种都累得人要死。渔民多好啊，一天到晚在渔船上，不用风吹雨淋，要多轻松有多轻松。

刘泽翠把渔民的日子描绘得千般好，都是因为渔民很难找到老婆，今天有个这么好的女子来到他跟前，他就想骗骗她，能骗到手做老婆是最好不过的事。千里姻缘一线牵，偏偏这个山区姑娘喜欢上了长江的打鱼生活，当时就动了心。周吉英已经完全相信刘泽翠的话，她萌动了春心，喜欢上面前这个小伙子，非嫁不可了。

青年男女在婚姻面前，常犯迷糊，迷魂汤一喝，就不顾一切了。

这次山路偶遇之后，刘泽翠就经常拿当天打的鱼到周吉英家里去。她的父母和家人高兴得不得了，一边吃鱼一边夸小伙子心肠好。在那个物资极度匮乏的年代，在吃不饱的非常时期，突然有人隔三岔五地送鲜鱼和干鱼来吃，能不让山区里的人家乐坏了吗？

恋爱一年后，刘泽翠和周吉英顺利结婚了。他们的全部家当是一条小渔船，村里并没有他们栖身的房子。周吉英刚到渔船上生活时，一点都不习惯，只要有风浪就晕船，而且什么都不懂，只能眼睁睁地看着家里人放网收网、织网补网。看着村里人用磨刀石磨滚钩时，她觉得那太难磨了，弄不好会把自己的手钩个大洞，因为那滚钩磨得太锋利了，寒光闪闪的，让她感到很害怕。

在后来的日子里，周吉英什么都想学，不想让人笑话她光晓得吃饭。既然做了一个渔婆，就要什么都会做，要做个让人瞧得起的媳妇。她要老公刘泽翠教她，只要是白水港的女人会做的事，她都要学会。

刘泽翠性子好，有耐心，什么都手把手地教她，像个师傅一样教得很认真。周吉英聪明伶俐，什么都学得很快，在不到一年的时间里，凡是渔家妇女做的事，她都会做了。从开方起顶子开始，到织完一副大网，她一个人就能完成。好多老渔民起先都不太相信，直到看见周吉英麻利地织完一副渔网，才相信这是真的。老渔民们在刘泽翠面前伸出大拇指，夸他讨了个好老婆，有福气。

周吉英二十二岁嫁到白水港，今年六十四岁了，身体硬朗得很，从来没有上过医院。她说 1981 年出生的大儿子还没有结婚，她得养好身体，还要张罗着帮大儿子成家呢。

走过了六十四年人生岁月的周吉英，在长江上一共打了四十年的鱼。在嫁给刘泽翠不久的 1980 年正月，她和老公在江中放流钩，挂到了一条中华鲟。巨大的身躯在水里翻滚起浪花，可把她吓坏了。一百五十多公斤的中华鲟，给她这个新来的媳妇送了一份大礼。

那时候没有出台禁捕中华鲟的法律，长江所有的鱼虾都不受法律的保护，可以任由渔民捕捞。渔民若有幸捕到一条中华鲟，要高兴好多天，因为它可以卖到很多的钱。几天的捕鱼收入，都比不上卖一条中华鲟的钱。

刘泽翠和周吉英花了九牛二虎之力，才把中华鲟拉到船上。在拉拽的过程中，他们俩几次险些被中华鲟拉下水。中华鲟巨大的身躯横亘在水里，两个人根本拉不动，反倒让渔船倾斜到了一边。

刘泽翠怕妻子被中华鲟拉下水，就让她坐在船舱里，背对着中华鲟，手里死死地抓着绳子。刘泽翠则腾出右手，举起锋利的大铁钩，猛地一下扎进中华鲟的脊背上，痛得它连连甩了几下尾巴，鲜血像牡丹花一样绽放开来。到了这个时候，中华鲟才慢慢地安静下来，身子不怎么摆动了，只有尾巴击打着水花，把他的衣服全浇湿了。

那是一场你死我活的较量，中华鲟在抗争了一上午之后，终于敌不过刘泽翠夫妻俩，在血液流干、力气用尽后，躺在了散发着桐油气味的渔船上，用年轻的生命写下了一首悲壮之歌。

这条中华鲟的性腺才刚刚成熟，是从大海来到长江的繁育场产卵的，不承想还没有到达四川境内的合江和屏山产卵场，就被布设在长江里的滚钩挂住了。它本能地想挣脱刚刚挂进身体里的滚钩，没想到身体动一下，就有几只滚钩跟了过来，一只跟着一只地扎进身体里。身上的那只滚钩没有甩掉，反而又多了几只滚钩，这让它感到绝望。最要命的是，一只该死的滚钩把它的排泄孔挂住了，痛得它排泄不了。

刘泽翠急忙驾着渔船回到白水港，找来一辆木制的手推车，将已经死亡的中华鲟推到枝城的农贸市场上去卖。一路上，三米多长的中华鲟躺在车上，长长的尾巴在手推车外摆动着，惹得路上的行人都驻足观看。收获总是让人羡慕的。这么大的一条鱼，一定能卖个好价钱。

中华鲟比所有鱼的价格都高，因为物以稀为贵，不愁卖不掉。刘泽翠将中华鲟切成一两斤的块，零卖。1.2元一斤的中华鲟鲜肉，很畅销，谁都想买一两斤回家，让家里人尝尝鲜。

中华鲟的肉虽然很腥，但肉质很细嫩，因为它是在大海里长大的，算是海味，吃过海鲜的人都知道，海产品大都特别鲜美。当时猪肉的价格是0.74元一斤，要凭食品公司发的肉票才能买得到。而这条中华鲟的肉不要凭票，赶上了就能买到，买到了的人都像过年一样高兴。

刘泽翠卖完鱼回到家一算，他的口袋里装满了两百多元的票子，拿出来一一理顺叠好。周吉英从来没有见过那么多的钱，惊呆了，没想到打鱼的人会有这么高的收入，她真觉得自己嫁给一个渔民嫁对了。

刘泽翠把几十斤中华鲟的鱼子(卵)拿回船上,分给了好多人家吃。这是白水港渔民人家的优秀传统,只要谁家捕到了一条中华鲟,就要把满肚子的鱼子分给全村的人家共享。

渔民人家特别会吃中华鲟鱼子,他们把豌豆大一粒的鲟鱼籽用石磨磨成浆,再加上佐料和鸡蛋一起用菜籽油煎,煎至金黄色,油亮亮的,十分诱人。空气中都散发着香气,那种鲜味无法用语言表达。渔民们说:"也就是打鱼的人才能吃到那么好吃的东西,因为中华鲟的鱼子从来都不会卖掉,全部分给全村的人吃,叫打牙祭。"

两年后的1983年,长江开始禁止捕捞中华鲟。1988年,中华鲟列为国家一级重点保护野生动物。谁都不敢动它们了,它们真正成了长江鱼王、江湖霸主。

1998年的一天,刘泽翠和周吉英夫妇在葛洲坝附近水域放三层刺网。这是每副长五十米的三层网,既能捕大鱼,也能捕小鱼,属于禁止使用的渔具。若赶上渔政部门巡江,那是要收缴烧毁的。

秋天是捕鱼的季节,也是收获的季节,渔民们在长江上忙得不亦乐乎,每天的渔获都很丰富。

这一天清晨,刘泽翠夫妇像往常一样,驾驶着渔船赶到放网的水域,准备收了鱼就赶到宜昌的水产市场去卖个好价钱。长江上的秋风凉凉的,夫妇俩的心情非常好。一夜充足的睡眠,让他们俩的精神处于最佳的状态。渔船也像主人一样亢奋,在平静的江水上"突突突"地往前飞奔。

渔船到了放网的水域后,不知道什么原因,刘泽翠忽然做出了一个奇怪的决定,他让妻子到船尾替换他掌舵,自己则到前面去替妻子收网。妻子问为什么,刘泽翠吞吞吐吐地说:"我昨天晚上做了一个奇怪的梦……"

他后面说的话,全被柴油发动机的轰鸣声淹没了。

在长江上打鱼，有很多的禁忌，有些话不该问，有些梦不能解，就算是夫妻也不能，只有到了晚上才可以当作笑话说出来。

刘泽翠到了船头，并没有立即伏下身收网，而是向着江面停顿了一下，好像在默念什么。他相信长江里有护佑渔民的神，神可以保佑他圆昨晚的梦。做完了这些后，刘泽翠才伏下身子，开始收起三层刺网。

当他刚刚提起一个浮标时，三层刺网的纲绳就猛烈地抖了几下，那种抖动的劲头不像是一般的大鱼有的，他感觉有点儿不对头，没再往上提浮标，而是看了看老婆，用手示意她要掌稳舵，水下估计有大的东西，搞不好会来顶撞渔船。

二十年的结发夫妻，二十年的耳鬓厮磨，周吉英早就能揣摩丈夫的每一个手势了。船上柴油发动机巨大的轰鸣声，一直干扰着他们交流，手势相当于他们俩的暗语，互相都能“听”得懂。

周吉英紧紧地抓着舵把，将船头校正，避免渔船驶到渔网的上面，只要网中的大鱼撞击不到渔船底部，就没有很大的危险。

见妻子领会了他的意思，刘泽翠再次伏下身子，提起浮标，慢慢地往上拉网，怕动作快了会激怒水下的大鱼。有那么一下子，他感觉到手里没有多大的重量，网轻得和以往一样，仅有小鱼撞网的那种力度。他突然怀疑自己的判断力，刚才是不是神经过敏了，网里根本没有什么大鱼呢。

正在刘泽翠怀疑自己的时候，正前方的水下突然“哗”的一声，一个白色的身影从水下冲出来，带起一大片水花。他不由得“哎——呀”一声，身体往里一缩，极力想镇定自己。

白色的身影出现之后，它像一头被激怒的公牛，干脆冲出了水面，在船前几丈远的地方冲撞着，翻滚着，击起的水花都飞溅在刘泽翠的身上，真是太吓人了！

此时的渔船一直在摇摇晃晃,周吉英把舵柄拼命地夹在胳肢窝里,就担心舵不听使唤。

过了很久,水里面稍稍安静了一些,刘泽翠才慢慢地往上拉网,他一边拉网一边看着动静,随时做好撒手的准备。刘泽翠拉了大概二十米的样子,随着网升上水面的,是三条一两百斤重的中华鲟。它们就像三个脱光了衣服的游泳者仰躺在水面上休息,把刘泽翠惊出了一身的冷汗。

原来是三条年幼的中华鲟,都是两百多斤的样子。它们一头钻进了刘泽翠放的三层刺网里,被网死死地缠在一起。无论多么用力,它们都没能挣脱离去,反倒把三层刺网全搞破了。

刘泽翠毫不犹豫地拿起一把割网的尖刀,将死死缠住三条中华鲟的尼龙网全部割破了,让它们自由地游走了。此时的他,虽然心疼被自己割烂的新织的三层刺网,但还是很欣慰,因为自己做了一件好事——将三条中华鲟幼崽全部放归长江。

经过这一场放生活动,刘泽翠累得瘫坐在船舱里,有气无力地将残存的网片悉数拉上了船。虽然网里还有很多大大小小的鱼,他却没有心思去把鱼从网里捉出来,只是久久地看着已经平静的江面。他甚至在猜测,三条中华鲟被放生之后,还会被别的渔网缠住吗?它们本来就是从大海里游来的三个孩子,它们只是到长江寻访出生地来了,可是怎么也没有想到,出生地竟然布满了渔网,要将它们置于死地。

刘泽翠让妻子掉转船头,径直开回白水港。他见人就说:三条两百多斤的中华鲟被他家的三层刺网缠住了,是他主动用割网刀割烂渔网,将三条中华鲟全部放生的。

他不是想要向谁报功,只是想说他做了一件放归中华鲟的善举,把昨晚的梦圆了,把长江上的一场灾难变成了一次救赎,又一次平安归来!

第十四章

最特殊的捕鲟者

三百六十行，行行出状元。打鱼的人也能出状元，而且是国家请来专门捕捞中华鲟的状元。你说，这是不是稀奇事？

这个状元还是个女人，有一身的捕鱼本领。整个白水港的渔民都很佩服她，就连宜昌市渔政部门，都认为她是最了不起的渔民，并赋予了她一个特殊的使命——国家允许她专事捕捞中华鲟。

她就是白水港村的渔民——彭家琴，生于1945年，今年77岁，现住宜都市中心城区的一个居民小区里。

打了一辈子鱼的彭家琴老人，把青春都献给了长江，并得了职业病——类风湿关节炎，晚年只能坐在轮椅上度过。

接受我和李春梅书记的采访时，彭家琴老人非常高兴，听说要讲专业捕捞中华鲟的故事，她的话匣子一下就打开了。

彭家琴1960年初中毕业后，一直在生产队里参加集体劳动，插秧、割稻，秋收、冬种，样样都干得出色。二十三岁时，经媒人介绍，彭家琴嫁到了白水港渔村，和一个叫刘成建的小伙子结了婚，从农民转变成了渔家媳妇。

她嫁来之后就上了渔船，一年四季跟着丈夫在长江打鱼谋生。上半年，江水小，他们就在宜昌江段打鱼；下半年，江水大，就到沙市和潦河口江段打鱼；到了冬天，长江水太小了，他们就划着渔船到湖南的洞庭湖打鱼。几百里长的长江捕捞区域和辽阔的洞庭湖，哪个季节出什么鱼，哪个水域产什么鱼，他们都清楚明白得很，所以他们跟着鱼群走四方，渔船就是他们漂泊不定的家。

他们夫妻俩胆子大，为了养家不顾生命危险，专门在长江寻找水深流急的地方，下排钩、放大网，捕捞大鱼。中华鲟最大的有一千多斤，几米长，力气比牛的大。要想拉上岸，他们要累个半死，而且还有可能被鱼王拉下水，命大能逃回船上，命不好就会被鱼王害死。那是你死我活的搏斗，胜则成英雄，败则死亡。每次他们和鱼王中华鲟的争夺战，都危险重重，让人胆战心惊。

有一次，两个记者乘船过三峡，正好看到彭家琴夫妻在捕一条大的中华鲟，他们急忙拿出摄像机，拍下了夫妻二人勇斗中华鲟的激烈场景。那条被排钩挂住的中华鲟，扭动着几米长的身子，都快要把小小的渔船拱翻了。中华鲟力大无比，芭蕉扇一样的大尾巴在水面上拍打着，搅得水花四溅，尖尖的头更是跃出水面几米高。它就想把渔船顶翻，把捕它的两个人都翻到水里去，来一场胜负难分的鱼人大战。

夫妻俩奋战了整整一天，等中华鲟累得没有反抗的力气，才把这条鱼王拉到岸边，拴牢在深深扎进泥土的铁锚上，他们累得瘫坐在船舱里。

彭家琴说：人鱼斗得热火朝天的场景，到了二十世纪八十年代初便不多见了，长江里的中华鲟渐渐变得稀少了。当人们感到疑惑不解的时候，国家于 1983 年开始，禁止任何人捕杀中华鲟。

1988 年葛洲坝建成之后，被誉为“水中大熊猫”的中华鲟，更是稀少了，连专业渔民都难以见到中华鲟美丽的身影，更别说捕到中华鲟了。中国水产科学研究院研究员危起伟急了,他认为葛洲坝是导致中华鲟自然种群衰退的根本原因,三峡等长江上游特大型梯级水电工程的相继蓄水运行,是导致中华鲟自然繁殖中断的关键因素,河道冲刷、航道疏浚与挖沙、防洪及城市景观工程等人类活动,使中华鲟仔稚鱼栖息地丧失,进而导致补充群体减少,繁殖群体持续萎缩。

被业界誉为"中华鲟之父"的危起伟认为,要打破中华鲟保护的困境需要五大举措:一是恢复人工群体的生物学自然特性;二是大幅提升科学有效的人工增殖放流;三是改善产卵场环境;四是放流人工培育亲本以恢复葛洲坝下中华鲟自然繁殖;五是新建旁通道仿自然产卵场,扩大自然繁殖。

距今有一亿四千万年生存历史、号称鱼类活化石、地球上最古老的脊椎动物中华鲟,突然急剧减少,几乎到了灭绝的边缘,国家开始了对中华鲟的保护,竭尽所能地开始了中华鲟的繁殖放流尝试。

于是,宜昌市在葛洲坝下面建了一个中华鲟研究所,对珍稀的中华鲟进行研究、培育和繁殖,将繁殖出来的中华鲟幼崽放归长江,希望能逐年恢复长江生态。

中华鲟研究所建成后,急需从长江捕获一批雌、雄中华鲟,投放到繁育基地进行人工饲养。可是,中华鲟已经很少有人捕到过了,就算偶尔有渔民捕到一只,也不敢大肆声张,只是割掉渔网将中华鲟偷偷地放回长江。自从禁止捕捞中华鲟的法律颁布之后,惩罚的力度太大,渔民们都不想惹麻烦,见到中华鲟被网住了,都是敬而远之,或者偷偷地放生。

宜昌市渔政部门从沿江渔村的优秀渔民中,千挑万选出两条渔船和几个渔民,专业捕捞中华鲟。白水港渔民彭家琴夫妇和宜昌市另一个渔村的专业渔民,有幸被选中。他们被选中的理由是:有丰富的捕鱼经验,最能吃苦,在渔民中的口碑很好。

1989 年，经过特别批准的两条渔船，开始在中华鲟最爱活动的江段专业捕捞中华鲟。他们拿着特许捕捞证，好像有了尚方宝剑一样，理直气壮地开始作业。中华鲟研究所给他们的收购价是每斤中华鲟三元，有多少要多少，大小不拘，雌雄不拘。

这两户原本不认识的渔民人家，竟然组合成了一个作战的集体，驾驶着两条渔船在长江上结伴同行。两条渔船并没有明确分工谁是主船，谁是僚船，而是分开作业，各撒各的网，各捕各的中华鲟，卖了中华鲟的收入，也是归各家所有。

每年的夏、秋两季，特别是 9 月和 10 月的两个月时间内，生活在长江口外浅海域的中华鲟，都会从咸水的海里洄游到淡水的长江里来，历经三千多公里的溯流搏击，才能到达葛洲坝一带，寻找自己喜欢的配偶，选择适合的“婚房”完成产卵繁殖。它们的理想目标就是，产卵后静静地等待，等数十万粒卵子在江水中自然孵化。在等待的日子里，葛洲坝一带的江水世界成了一个巨大的孵化温床。幼鲟长到十五厘米长的时候，父母亲就会带着它们一起顺江流而下，返回大海生活，在大海里度过四十多年的非常岁月，直至生命终结。

不过，东归入海的这一路，也是中华鲟历尽磨难的过程。水域世界中各种食肉生物，都会以幼鲟为美食，所以幼鲟在三千多公里的长途中极为悲壮，其死亡率太高了。

中华鲟在金沙江恋爱结婚的日子，也恰好是彭家琴的渔船和另一条渔船开始忙碌的时候。他们从各自的捕捞水域赶到葛洲坝下，在湍急的江水中相聚，然后开始张网捕捞中华鲟。

他们按照中华鲟研究所的要求，将中华鲟捕获之后，无论雌雄，都快速送到研究所来，过了秤，称了体重，然后交给研究人员开展科学实验。他们好奇地看着研究人员把一根玻璃管子轻轻地伸入雄鲟的体内，取出白花花的精液，再打进雌鲟的体内进行人工授精。做完了这一切后，大家便齐心协力地把中华鲟分别放进两个大水池内，让雌鲟在人工构筑的“产房”里安心产卵和孵化。

经过人工授精的雌鲟，在新的环境里享受着五星级酒店的待遇。催熟的卵子，嘟噜嘟噜地排出体外，在适宜的水温中快速孵化出中华鲟幼苗。那些刚出生的中华鲟幼苗，像无数的银针一样在产房里游动。在太阳的照耀下，幼苗们感受着太阳带给它们的温暖和幸福。

打了半辈子鱼的彭家琴，好奇地看着这一切，觉得挺新鲜、挺好玩的：原来还能这样帮野生的中华鲟催生孩子，真是了不起啊！

彭家琴和丈夫运气好，年年都能捕到几条数百斤重的中华鲟，经济收入相当可观。可是，宜昌市来的那户渔民，却没有那么好的运气，他家连续三年都没有捕到中华鲟，搞得他们很沮丧，白白地耽误了许多工夫。有一天，宜昌市来的渔民对彭家琴夫妻俩哭丧着脸说：“我不想捕中华鲟了，三年都没有捕到一头，亏死了，还是去打鱼过日子算了。”

彭家琴和丈夫都是忠厚老实的渔民，看到别人难过的样子，心里也不好受。于是彭家琴和丈夫商量了一下，马上安慰他们：“要不这样，你就和我们一起捕中华鲟算了，捕到的中华鲟算我们两家合伙的，挣到的钱一家一半。”

这还有什么说的呢？宜昌市的渔民非常高兴地答应了。他们知道，这是彭家琴夫妻出于好心，要从自家的锅里分一半饭给他们吃，世上很难找得到这样的好人呢。

于是，两家非亲非故的渔民结为了兄弟，合伙捕捞中华鲟了。

1998 年，长江暴发百年不遇的大洪水，长江两岸的千里沃野全成了泽国。洪水从 7 月中旬开始暴涨，直到 9 月份仍然没有退去，此时正好赶上中华鲟从海里来长江葛洲坝产卵。沿途被淹没的江湖大地,饵料非常丰富,鱼虾多得不得了,给初来乍到的中华鲟提供了富足的吃食。它们邀约许多的兄弟姐妹,高高兴兴地溯江而上,像在赴一场盛大的宴席。

江中的中华鲟多了,别的渔民又不能捕捞,这给彭家琴他们提供了绝佳的机会,他们赶紧在葛洲坝前的深水里布网,恭候中华鲟们踏歌而来。

彭家琴和她的丈夫有一个捕中华鲟的秘密,也可以说是独门绝技,那就是在水流最急的地方下网,江水流动越急的地方,越有中华鲟,那是他们几十年捕鲟总结出来的经验。不过,在水流很急的地方下网,也是最危险的做法,一不小心渔船就会被急流冲翻。但是,为了能捕到珍稀的中华鲟,他们愿意去冒这个险。

中华鲟头尖,身体呈梭子形,极适合在水流湍急的水中冲浪,而且它们冲浪的姿态很独特,既不贴着江底冲刺,也不在浅水上飞跃,而是选择在水中间用尖头去穿透急流。所以彭家琴夫妻根据中华鲟的这个特点,把大网和排钩放在不深不浅的江水中,那正是中华鲟必须经过的地方。彭家琴夫妻最终把这些捕中华鲟的独门绝技,毫无保留地传给了宜昌的渔民兄弟。

彭家琴他们还发现了一个超级秘密:葛洲坝电站大坝在开闸放水时,闸口的出水像崩雪一样冲出来,形成了两百多米高的落差,发出雷鸣般的响声。这正是李白诗中“飞流直下三千尺,疑是银河落九天”的景象。

中华鲟把葛洲坝的人造“瀑布”当成了游乐场,都到瀑布的下面蹦极来了。在这儿张网捕中华鲟,一捕一个准。这一年的9月和10月,彭家琴率领的两条捕鲟船,一共捕到了九条大中华鲟,大的九百多斤,最小的一条也有五百多斤,全部卖给了中华鲟研究所,获利丰厚。

1999年后,彭家琴他们再也没有捕中华鲟了,因为研究所里繁育的中华鲟已经够数了,加上研究经费有限,他们不再需要从长江捕捞中华鲟。

彭家琴夫妻俩的故事很传奇,他们不光拿自己的生命做赌注,在长江上干着最危险的活。在三个儿女的教育方面,他们也下了血本做赌注。他们必须没日没夜地打鱼、冒着生命危险捕鲟,为的就是挣钱供三个儿女读书,将来能有出息。

彭家琴特别重视教育,三个孩子都在船上出生长大,到了五六岁的时候,全部送到学校读书,一个都不能耽误前程。当年大儿子不想继续读书,想打鱼帮父母减轻负担,彭家琴便急忙跑到学校,向老师求情,恳请老师帮她管管孩子,这一举动把老师都感动了。

经过多年的辛苦和期待,彭家琴的三个儿女都培养出来了,全部考上了大学,没有像父母一样从事打鱼的职业。

普普通通的渔民人家,儿女孙辈个个有出息,这完全是彭家琴和她的丈夫用一生的辛苦换来的,这是白水港渔村的又一个传奇故事。

第十五章

可怕的江难

与刘泽翠、周吉英多次在长江里侥幸生还相比，村里有的渔民就没有那么幸运了：可怕的江难夺走了他们宝贵的生命，而且连尸骨都找不到。

白水港的渔民，在从四川来到湖北宜都后的三百多年间，发生过多少次江难，没有人统计过。那是一种撕心裂肺的伤痛，谁也不想去记录，连回忆都是万分痛苦的。

最近的一次是 2003 年的 7 月 1 日，有一对年轻的夫妻被暴怒的江流无情地卷走了。

这一天，与往常没有什么不一样，无非就是天上往长江里倒雨水，用瓢泼大雨、倾盆大雨、大雨如注来形容雨的疯狂，一点也不过分。反正整个长江及沿岸都被暴雨笼罩在烟雾之中，人的视线，无法看清远处江面上各种船只航行。不过好在没有风，江面上的雨是垂直落下的，像无数的织布姑娘把织布的经纱从天上垂直挂到江面上，形成无比壮观的雨帘。

白水港渔村的刘明和王先芬夫妻俩，像往常一样在长江打鱼。这一天，天气晴好，他们俩在江中放网捕鱼。由于汛期涨水，江底的鱼都跑到江面上来呼吸新鲜空气，所以这天的鱼特别多，只要把网放下去，就能拉上来很多的鱼。鱼进了船舱，都是活蹦乱跳的，把刘明和王先芬高兴得笑容满面，一整天都没有休息，真正应验了“勤撒网来鱼满舱”这句话。

夫妻俩从凌晨五点放网、收网直到晚上九点，实在是太疲劳了，于是两人决定收网休息，第二天凌晨再早起。他们随意在船头插了一支竹篙固定船身，让渔船停靠在江边。船头“咬”着江边的芦苇，渔船停泊得稳稳当当的，夫妻俩都认为这样很安全，渔船根本不会被江流带走。

九点三十分，王先芬洗了锅，在煮晚饭；刘明则趁着这个时候坐在中舱里，抱着收音机在听新闻。

一个钟头后，夫妻两个人吃完了饭，准备休息。打鱼人的作息时间并不规律，凌晨就得起床放网、收鱼，只要有一点空闲时间，就要坐下来休息一会儿。那一天因为天气好，鱼贩子六点钟就将整天捕捞的一百多斤鱼收走了，仅剩最后放的两次网打上来的三十多斤鱼养在活水舱里，个个活蹦乱跳的。看着舱里的鱼，数着今天卖鱼的几百块钱，夫妻俩心满意足，不一会儿就进入了甜美的梦乡。

此时长江上游的四川省境内，因为连日的暴雨，形成了可怕的洪峰，洪水排山倒海地向湖北境内席卷而来。很快，刘明家的渔船，由于洪水的迅猛上涨而开始摇摆，插在岸边稳住渔船的竹篙，在船体的不停摇晃中慢慢松动了，失去了泊锚的作用，使得渔船在不知不觉中离了岸，向着长江中间漂去……

而这一切的变化，却没能惊醒夫妻俩。辛苦了一天的他们，竟然还在梦乡，没有发现船已经像脱缰的野马一样冲到了江中间。

在江面上漂浮着的渔船，像一片树叶似的，一下子被洪水卷到了大船的底下。等到刘明发现情况不对时，一切都为时已晚。

会游泳的刘明，在呛了两口水的危急时刻，强迫自己镇定下来，在什么都看不见的船舱里，慌乱地摸索着，他想摸到妻子，带着她钻出水面。可是，他摸了一圈，并没有摸到妻子，准备再寻找时，却憋不住气了。他只好钻出水面，看看妻子有没有钻出水面。如果没有见到妻子，他准备吸一口气再潜到水下救妻子。

刘明从浑黄的江水里钻出水后，一边踩水一边四处搜寻妻子的身影，但他什么都没有看见，连自家的渔船也不见了，唯有一艘大货船在他的前面行驶着。过了很久，他家的渔船才从大货船的肚子下面浮了起来，底朝天地随着洪水流走。他绝望地喊着妻子的名字："先芬！王——先——芬！"

江水无情啊，带走了他挚爱的亲人！

茫茫长江上，再也不见妻子的影子！

刘明哭着游到了岸边，在瓢泼大雨中等待着妻子，他多么希望妻子突然从水里游上来，呼喊着："刘明，我在这儿呢。你快来救我，我累得不行了！"

可是，刘明什么都没有看到，只有来来往往的船只在雨中穿行；他什么都没有听到，只有过往船只上的机器轰鸣声不断传来。

漂在大船边的空空渔船，引起了周边捕鱼人的注意。大家的第一反应是刘明的渔船出事了。他们四处寻找，才发现呆若木鸡、像丢了魂的刘明，走几步停一阵。他期待着妻子从后面赶上来，和他一起回家。

鲁家仁遭遇的江难，比刘明遭遇的江难更加可怕。

1944 年出生的鲁家仁，也是白水港渔村的老渔民，今年七十七岁，剃着一个大光头，说话不急不慢，喜欢安静地听别人说话，不会插嘴发表什么意见。如果不问他什么问题，他可以一直不说话。

当开始谈自己打一辈子鱼的感受时，他却先叹了一口气，说这一生中，就这三四年活出了人样，不打鱼心里畅快得很。

鲁家仁是鲁姓人家一位德高望重的长者。他为人厚道、行事低调，在白水港渔村很受人们的尊敬。

鲁姓在白水港村，是三大姓氏之一。第一大是刘姓，第二大是鲁姓，第三大是郑姓。这三个姓氏的排名，主要是按照人口多少来排列的，并不是按照祖先最早来白水港开村拓土排列的。

关于谁最早来白水港，曾经是有过争议的。有人说是鲁姓祖先最先来到白水港打鱼，也有人说是郑姓祖先最先来到这里种田。争议最大的是刘姓，因为白水港百分之八十的人都姓刘，刘姓是个拥有将近两千人的大姓氏。在三百多年的繁衍过程中，如果对迁移来的小姓人家没有宽广的包容胸怀、没有相处在同一个屋檐下的谦让，刘姓和其他人家是绝对无法共存共荣的。

不过这种争议没有什么意义，白水港村原本就是一个移民村落。就像无数的种子在这块土地上能够生长一样，所有华夏子孙在这儿都能繁衍生息。

鲁姓有五百多人，规模上相当于一个中等的自然村庄。他们和刘姓、郑姓以及其他几个小姓的人们相处得都不错，没有以大欺小的世俗观念，没有大姓之间的生死博弈，更没有大的利益纷争。这是多个姓氏生活在同一个村庄几百年的可圈可点之处。

我在采访鲁家仁的时候，才知道白水港的刘、鲁、郑三个姓氏，都以当地的名蛇作为他们的称呼。我说，这是不是你们三个姓氏的图腾呢？当翻译的刘义却笑得很诡异，他的笑，给以蛇作为称呼的三个姓氏蒙上了一层神秘的面纱。

刘姓：土公蛇。

郑姓：银环蛇。

鲁姓:老蛇。

我想解开这个谜团,于是查阅了相关资料,发现土公蛇也叫蝮蛇,是全国各地分布较广的小体型毒蛇,体长 60 ~ 70 厘米,头呈三角形,背面灰褐色到褐色,杂有黑斑,毒性与眼镜蛇不相上下。这种蛇也被称为长江短尾蝮,别名七寸子、土虺蛇、灰链鞭。

看到最后,我才知道:土公蛇喜欢捕食鱼、鼠、蜥蜴、蛙等动物,是一种很凶猛的捕食者。原来,白水港的刘姓渔民以土公蛇自称,是因为他们有土公蛇一样的特性——善于捕猎。

郑姓的银环蛇好理解。银环蛇是眼镜蛇科环蛇属的一种,俗称寸白蛇、过基甲、白节黑、金钱白花蛇、银甲带、银包铁等,毒性极强,为陆地第四大毒蛇。银环蛇昼伏夜出,性情较温和,一般很少主动咬人,喜欢捕食泥鳅、鳝鱼、蛙类、鼠类等。

很有意思的是,白水港的鲁姓,竟然自称老蛇,那老蛇是什么蛇呢?其实,老蛇就是所有蛇的统称,就如称呼老鲁、老刘、老郑一样,是对大自然中所有蛇的一种爱称,可见姓鲁的人对蛇是很尊重的。

属老蛇的鲁家仁,没有读过什么书,十二岁就开始跟着父亲打鱼,直到 2018 年结束,打了六十多年的鱼。他三十多岁的时候,曾经在长江里翻过一次船,这是他一生都忘不掉的江难事故。在之后的打鱼生涯中,他总是以此来警醒自己。

那一次,他在长江里放流钩,同时带上了搭乘渔船去走亲戚的姐姐以及姐姐的孙女。那一天风平浪静,渔船在江中心打鱼作业。这一切让鲁家仁有些大意,他在船尾荡着桨时,还有点儿心不在焉呢。

姐姐在尾舱淘米煮饭,炉子里的木柴有些潮湿,火烧旺不起来,升起的黑烟因为没有风,都聚集在渔船小小的空间里兜兜转转出不去,呛得姐姐和鲁家仁都一个劲地咳嗽。姐姐不停地骂着什么，听得出来她心里很烦躁，不知道一餐饭什么时候能煮得熟。显然，她在责怪自己老了没用，连炉子都烧不好。

十多岁的孩子正伏在前舱熟练地放着流钩，她的红衣服像一朵鲜艳的花，美美地盛开在船头上，盛开在这白水茫茫的长江上。

正当鲁家仁用巴掌擦着被柴烟熏得流泪的眼睛时，一艘五百吨级的大货船从上游开了过来，空船加上顺水而下，大货船行驶得很快，船前还犁出了浪花。此时鲁家仁驾驶的渔船比较贴近主航道，发现上游驶来的空货船离自己很近，急忙打舵准备避让，但是孩子放的流钩限制了渔船掉头回避的速度。大货船的驾驶员虽然也发现了主航道边上的小渔船，想打舵绕开，但为时已晚。它宽大的船头刚巧将右边的小渔船压进了水里，小渔船就那么沉没了。

等大货船的整个船身过去后，小渔船才浮出了水面，但整个船舱都装满了水，随时要下沉。慌忙之中，鲁家仁好不容易抓住了姐姐的手，又冲到前面抓住了小女孩的手，三个人站在船舱里，和渔船一起在江水里漂流着。

湍急的江水推动着人和半沉着的渔船一起往下游漂流着，一直漂了十多里路。孤独无援和死亡的恐惧感使三个人越来越绝望，渔船随时都会沉没，恐怕神仙也救不了他们。

姐姐站在齐脖子深的江水中，流着泪要弟弟鲁家仁带着她孙女赶快游到岸上去，她知道一个人不可能拉着两个人一起游动。“家仁，你们快游到岸上去吧，别管我。”

鲁家仁坚定地对姐姐说：“姐，我不会把你一个人留下的，要走，我们一起走！”

“我知道，你带着两个人是绝对游不动的，不要三个人都淹死在江里了。

快走,姐不要你管!”

鲁家仁是不可能丢下姐姐和孩子的,但又想不出法子让姐姐和孩子都游到岸上去。她们都不会游泳,自己又没法带两个人一起走,他横下一条心,就是死也要和姐姐、女孩死在一起,绝对不会丢下哪一个人去逃生。

三个人在江中漂荡了两个多小时。万幸的是,三个人终于被大货船上的水手搭救上了岸,在鬼门关走了一个来回。

在采访中,有一个人始终不作声。等在座的人都说完了之后,他才在我的提问下,开始讲述他打鱼的故事,而他只讲了一个江难事故就打住了。他说这是他一生的痛苦,说出来心里好受一点,要不然谁都不知道他的大女儿是怎么消失在长江里的,因为他总不敢在村里人面前说起这件事。

这个人叫刘臣勇,1954 年出生,没读过书,但会写自己的名字。

刘臣勇十一岁就上船当了小伙计,跟父亲学习打鱼,1980 年结婚,第二年生了一个女儿,一家人高兴得不得了。在农村,青年人都早婚早育,不到二十岁就结婚生子了。可是刘臣勇结婚晚,差不多三十岁才有孩子。

女儿长到三岁半的时候,因大人的疏忽,出了大事。

刘臣勇和妻子两个人,一个荡桨,一个放网、收网,每天如此。而三岁多的女儿被他们拴在船舱里,就怕她有什么事。女儿生性活泼好动,如果不在她的腰上绑绳子把她系在船上,她就会到处跑。渔船上就那么一点大,几个舱又都有隔板隔着,她无法从这个舱爬到另一个舱里去,只能从中舱爬过船舷,到船外去玩水,撩起的水花最能吸引她。

孩子天生喜欢玩水。看见船犁开的浪花打到船头上来,水珠随着风打到她的脸上,她总是高兴得手舞足蹈,小手指着浪花,要爸爸妈妈看。正忙着荡桨和捕捞作业的大人,哪有时间跟着孩子一起乐呢?

这一天,刘臣勇像往日那样,吃过午饭睡了一觉后,便起床做开船放网的准备。他认为时间尚早，妻子还在带女儿睡觉，便不急不慢地把船尾的柴油发动机仔细擦洗了一遍。机身上溅了很多油，要擦干净不容易，但他还是很耐心地擦干净了，机身光亮如新。

做完了该做的事，刘臣勇便发动了柴油机，在挂机“突突突”的响声中，叫醒妻子让她到岸上去把铁锚拔起来，准备开船去江中放网。

妻子黄兴芬怕惊动了女儿，就轻轻地起床，穿上高筒胶鞋，轻盈地跳下船头，在潮湿的草地上拉起铁锚，放到船头上固定好，然后跳上船，脱下沾了泥巴的胶鞋并把胶鞋放在前舱，然后一屁股坐下，用手示意丈夫可以开船了。

刘臣勇一拉手刹，柴油发动机便像听到了指令一样响起来，几个缸中的活塞加快了运行速度，声音变得更响了，发动机的烟囱里冒出了滚滚黑烟，那个测量水位的小标杆在机器的震动下跳得特别欢快，显得格外活跃。见机器运转正常，他便动作熟练地转动着舵把，渔船倒退了几十米，然后一扭头，在江水上划出了一道大大的弧线，翘起船头往江中驶去。那一天，刘臣勇的心情很好，就想选个有江水回流的水面放网，他有打鱼的经验，知道哪里的水下鱼多，哪里的鱼值钱。

那一天非常奇怪，三岁半的女儿在舱里的床铺上睡得特别香甜，柴油发动机那么响的声音都没有吵醒她，这与她以往古灵精怪的表现不一样。

坐在船头准备放网的黄兴芬，不时地往女儿睡觉的地方瞄上几眼，就怕她突然醒过来找妈妈。女儿如果这时候醒过来，她还可以抱女儿到中舱给她系上安全绳。要是女儿等一下醒，她要不间断地放网，就没有时间帮女儿系安全绳了。

黄兴芬觉得这个时间女儿还没醒，时间上真是不好安排，却又没人能帮助她放网，等一下女儿醒了怎么办呢？她心里焦急，却只能做放网的准备。

她把理顺了的几挂网在头舱上摆放好，到时候能顺手一挂接着一挂地放网。渔家人的时间观念很强，如果不赶着时间放网，天黑了就放不成了，谁不想放更多的网呢？长江里的鱼是捕不尽的。

女儿总不愿意让父母在她的腰上绑绳子。她已经厌烦了两三尺长的绳子，因为那条绳子限制了她快乐玩耍的空间，她的活动空间太小了。她最想从船舱里爬出去，到那会流动的江水里去洗澡，像大人一样在水里游来游去。她看见过爸爸妈妈傍晚在江边的水里洗澡。爸爸还抱着她在江水里洗澡，用两只手托着她的肚子，让她伸开手和脚开心地玩水。大人希望她能学会游泳，她长大了就能在长江安安全全地过渔民的日子。

黄兴芬开始放网了，在渔船行驶的过程中，她双手灵巧地将渔网放进流动的江水里。那长长的渔网无声地潜进水里，随着坠子的重量慢慢下沉，沉到什么都看不见。它们像一面看不见的城墙，横亘在深水里，将游过此处的鱼儿挡住，粘住它们的鳞、鳍、腮和尾巴，让它们哪里也去不了，只能做渔民们的猎物。

这些渔网都是黄兴芬一针一针地织出来的，连网线都是她用苎麻精心纺织出来的。她纺网线的技术很好，纺出的线粗细均匀，织出来的网轻柔绵软，用桐油浸过后闪闪发光，所以鱼儿在水里是看不见这些网的，它们的颜色和江水一样，只要碰上了，就逃脱不了，只得乖乖地成为渔民的俘虏。

放网是个具有连贯性的活，只要开始放网，就得全神贯注、手脚并用，黄兴芬紧张地放着网，很快就忘记了女儿还在睡觉。她没有时间去观察女儿的动静，幸好在船尾掌舵的丈夫可以看得到女儿有没有醒，这让她很放心。

刘臣勇确实是一直关注着女儿，但后来船到了江中间，过往的船只很多，加上妻子在放网，所以他的注意力全部集中到渔船的头部去了。小小的渔船在长江主航道上，就像一片小小的树叶，四五层楼高的大客轮驶过，犁出的巨浪很容易掀翻小渔船。聪明的渔民见到大客轮远远地驶来，早早把渔船的头部对准大客轮，只有船头对准了横浪，渔船才能安全；如果渔船被巨浪横推船身，没有抗浪能力的小渔船就会翻个底朝天。

为了避让过往的大客轮和大货船，刘臣勇必须两眼死死地盯住江面，繁忙的长江航道不允许他分散注意力。连近在咫尺的女儿，他也不敢分散精力去关心，甚至此时忘了女儿仍在睡觉。

女儿终于睡醒了，揉了揉眼睛，一看妈妈没在身边，就哭了几声，但哭声都被柴油发动机巨大的声音淹没了。见没有人理她，她就自己爬起来，想走到船边去。由于渔船震动得厉害，她没有站稳，一屁股又坐下了，然后手脚并用地爬到了船舷边，一脸好奇地看着江水冒着泡泡往后退去。

其间，刘臣勇看了女儿几眼，看到女儿头上两个小辫子一晃一晃的，很好玩，一股幸福的感觉涌上他的心头。女儿带给他的幸福感，不是用语言能表达得出来的。江面上的航行情况很复杂，过往的大型船只又不太愿意给小渔船让出航道，所以刘臣勇得时时注意给大型船舶让道。这是一件要求精力高度集中的事，逼仄的长江航道要求他行船时小心翼翼。

女儿脱离了大人的视线，又觉得船外面太好玩了，所以她像往常系了绳子一样，放心大胆地往船外爬。渔船的外舷太窄了，仅容得下大人的一只脚板。对于三岁半的孩子来说，爬过那窄窄的船舷并不算太难。

于是，她悄悄地把脚放在矮凳子上，两只手用力抓住渔船的舷边，高兴地朝爸爸喊："我要洗澡澡……"

因为柴油发动机的噪音太大，坐在机器旁边的刘臣勇没有听到女儿的话，不过他正好将目光从远处收回来，一看女儿趴在船舷边，潜意识里认为女儿腰里绑了绳子很安全，但忽然记起女儿腰上并没有绳子，顿时吓得脸色煞白。意识到危险的刘臣勇，想立即丢掉舵把去抱女儿，但渔船正处在水急浪涌的江中心，只要他一松开舵把，渔船随时都会被流水冲翻，妻子黄兴芬就会掉到江里去。

刘臣勇急中生智，一边叫妻子丢掉渔网来抱女儿，一边赶紧找一根绳子，把舵柄绑定在船舱的横档上，不让舵的叶片乱转，并立即关掉了机器，让船停止行驶。

急急忙忙做好了这一切之后，刘臣勇才猛扑过去，想一把抱住女儿。

就在刘臣勇和黄兴芬从渔船两端奔过来抱女儿时，女儿"哈哈哈"地笑着，奶声奶气地说："我要洗澡澡。"刚说完，她就爬过了船舷，"扑通"一声掉到江里去了。等刘臣勇和黄兴芬把手伸过来时，女儿已经沉没不见了……

发了疯一样的刘臣勇，一个箭步跳过船舷，跟随着女儿一头扎进了江里，潜入水中到处摸索。可是，摸了一阵的他，不得不浮出水面来换气，见到妻子在船边号哭，他又一个猛子扎了下去，继续在水里摸索。他唯一的愿望就是，能一把摸到女儿，把她救上去，给妻子一个惊喜！

可是，刘臣勇每次冲出水面换气后，又迅速扎进水里乱摸。尽管江水的流速很快，他被水往下游冲去，但还是一边随水流走一边观察着水面，希望女儿能够突然被漩涡卷上来。如果女儿浮出水面，他一定会拼尽全力抓住她。

但是这一切都是徒劳的，等他筋疲力尽地游回来爬到船上时，女儿的踪影仍然没有看见……

夫妻俩傻呆呆地坐在船上，任凭渔船随着江水向下游漂去。这条无主的渔船，正在江上磕磕碰碰地漂流着，随时都有倾覆的危险。

直到 1986 年，刘臣勇和黄兴芬才从失女的悲痛中走出来，生了第二个女儿，1988 年又生了第三个女儿。但无论怎么样，失去大女儿的心里阴影，始终伴随着他们。如果大女儿现在还活着，已经是四十岁的人了。

第十六章

会游泳的女劳动模范

采访王长英的时候，我以为她是一个很普通的渔家妇女、一个长相一般的乡村老婆婆，经过翻译刘义的一番介绍，才知道她不是一般的人。

她在村里任的官职不少，头上的光环很多。几十年间，她当过白水港渔村的党支部委员、村治保主任、团支部书记、民兵连长、妇女主任、生产队队长等，是个老革命，还是个响当当的湖北省劳动模范，多次戴过大红花，省委组织部、省纪委、省妇女联合会的领导同志多次接见过她。

说到白水港渔村的王长英，没人不竖大拇指，都说她是十里八乡的大名人，身上蕴藏的能量大得很。

她性格胜似男人，跟村里别的女人一点也不相同：她很会游泳，在几次江难中都没有淹死，是长江里的蛟龙；她很会打鱼，每年卖鱼的收入都很可观；她还会钓鱼，坐在船上或者江岸边，把一根钓竿甩得呼呼响，水里的鱼好像都和她沾亲带故，一条接一条地咬钩，一条接一条地被钓起来。她钓的鱼，可以满足一家老小的需要。鸡、肉、鱼三荤中，她家的餐桌上从不缺鱼这一荤。她的传奇经历，堪比电影里的女主人公李双双。

表面上看，王长英个子不高，并没有五大三粗的大脚女人模样，但她就是有一种爆发力，从胸腔里爆发出来，像天上的雷公一样响。她的行事风格、做事能力和男人很相似，有人背地里叫她男人婆，既是夸奖她，也是佩服她。锯柴火、捡瓦屋、盖瓦屋、砌门、砌院墙……无论是家务活还是男人干的活，她样样都能干。

王长英1954年出生，是土生土长的白水港渔村人，却嫁了个外来的丈夫。她丈夫叫胡学新，老家在猇亭，与白水港渔村相距十多公里。他义无反顾地到白水港渔村落了户，却又不算上门女婿，因为他和王长英另立门户过日子。

猇亭那个地方，五千多年前就有人类活动，新石器时代文化遗址出土了很多石器。猇亭还是《三国演义》中的地名，是中国古战场、三国军事文化的一个连接点。三国猇亭之战中，发誓要为贤弟关云长报仇的刘备，却被陆逊率吴军打败，险些命丧夷陵长江。

千里姻缘一线牵，从猇亭来到白水港渔村落户的胡学新，竟然和村里的一个女强人王长英结为了夫妻，演绎了一场有情、有爱、有义的渔家婚姻。

刘、郑、鲁三个大姓组成的白水港渔村人，不欺负外地人，王长英更不欺负自己的老公，所以他的老公胡学新在白水港渔村的日子过得很滋润。

1993年，王长英从村委班子任上退下来，在家里当“后勤部长”。她说这是她最后一个职务，仅为老公服务，为儿孙们服务，而且永不退休。

王长英小时候读过五年书，后来没书读了，小学都没有毕业。她把书包一撂，便跟着父亲上船打鱼去了。父亲倒是非常乐意，说这也好，船上放网、收网需要小伙计，正好让她替换她妈妈，让她妈妈回家照顾弟弟妹妹。王长英就这样顶替母亲的工作，跟着父亲在长江打鱼谋生。弟弟妹妹们还小，她是家里的老大，成为一个劳动力是顺理成章的事，俗话说得好：长兄当父，长姐当娘。

不过,父亲可没把王长英当成女儿养,他需要一个儿子做他的助手。所以王长英在父亲的眼里,就是一个顶天立地的男子汉,不是一个小女人。她做女人的针线活,父亲不高兴,但像男子汉一样做有气魄的事,父亲就特别高兴,还鼓励她去做,培养她的男人性格。这在白水港渔村,王长英是唯一的,她父亲也是唯一的。

王长英上船打鱼之后,跟着父亲常年在长江上驾船,她不但会放网收网、放钩起钩,而且学会了驾船,两支长桨在她手里荡得轻巧自如,激起的水花就像两朵云彩。双桨发出均匀的“欸——乃,欸——乃”声,渔船平稳地行驶在波光粼粼的江水上,留下一条笔直的波纹线。

在驾船捕鱼的日子里,王长英的耳朵里,听到最多的就是哪里的渔民又出事了,船翻了,人没了;村里的哪户人家发生了江难,渔船被货船撞翻、撞沉了,某某淹死了,某某自己救了自己。每回听到或者看到这样不幸的事情,王长英就觉得很害怕,同时也在思考一个问题:为什么从同一条船掉进江里的人,有的淹死了,有的却活着?

发生江难之后,淹死的多是女人和孩子,能自己游上岸的大多是男人,原因就是女人和孩子不会游泳,掉到江里就是一个秤砣,只能被江水吞没。而男人从小学会了游泳,掉到江水里也能自己救自己,三两下就游到了岸边。王长英明白了,女人和孩子就应该学会游泳,只有学会了游泳,在发生江难之后,才能游到岸边。

因此,王长英在村里组织了三个女孩子学习游泳。她们先是在浅水岸边学狗爬,只要身体能浮起来就行。白水港大多时候是风平浪静的,很适合练习游泳。港里有浅滩,也有深水区。她们先在浅滩练习,泥巴被搅起来了,水变得浑浑的,头发上、汗毛上都结了泥溜子,活像四个泥猴子在戏水。她们最后都要到深水区里去洗净泥垢,在浅滩和深水区之间游来游去,慢慢就学会了游泳。

村里人和过路的人都停下来看四个小女孩游泳，她们上身只穿着白色的汗衫，下身只穿着花短裤，雪白的肌肤都露在外面，特别好看。年轻的小伙子有点儿不好意思看，但却不舍得离开，十几岁的姑娘都是美人胚子。

也有人说女孩子游泳伤风败俗，几千年都没有这样的事情，白水港的风俗都让这四个女孩子破了。

二十世纪六十年代，人们的思想还很保守，尽管国家提倡男女平等，男人的事女人也可以做，但在现实生活中还是有区别。

幸运的是，王长英有父亲的支持和鼓励。在别的女孩子相继退出游泳后，她还能一个人大胆地在白水港里游泳，而且游得很好，最后甚至可以到长江里去自由地畅游，一点也不怕长江上的大风大浪。

看着女儿从渔船上一个猛子扎进长江，顶着水流搏击风浪，父亲就非常高兴。他荡着双桨，驾驶着渔船远远地跟在女儿后面，为她保驾护航。父亲对畅游后上船的女儿说："渔家的女孩子，一辈子都要在长江上打鱼讨生活，平平安安最好，一旦出了事故，能游泳就能救自己的命。"

父亲有一句话没有说出口："在长江上打鱼的人，翻船出事故是无法避免的。村里的渔民哪一年不出事故呢？"

后来，在几十年的打鱼生涯中，王长英果真经历了很多次翻船事故，但每一次她都因为会游泳而幸免于难。有人背后感叹："王长英是个淹不死的人，因为她学会了游泳，是一只水鸭子，更因为白水港渔村的人需要她。"

1969 年春末夏初的一天，天色阴沉，长江上下着毛毛细雨，十五岁的王长英穿着蓑衣，正伏在船头上收着网，把一条条活蹦乱跳的鱼从网上取下来，扔在身后的养鱼舱里。

就在这时，一艘"东方红"大型客轮从上游向下游驶来，因为顺风顺水，所以航速很快,船头犁出的白花花的巨浪一层层地向岸边卷来,在岸边摇曳的芦苇中发出惊涛拍岸的声响,让人觉得有些害怕。

当大客轮犁起的巨浪来到王长英家的渔船跟前时,小小的渔船不由得连续摇晃几下。父亲的双桨已经无法控制住渔船,渔船晃动几下之后,极不情愿地翻了个底朝天。

王长英和父亲一同掉进了江里,等他们从船舱里钻出来时,已经被波浪冲出了很远,互相只能看见对方的头在水面上游动。父亲远远地叫着女儿的名字,伸着手要过来救她。王长英急得大喊:“爸,别管我,快往岸边游,我会游泳呢!”

其实,王长英刚才翻船的时候,头顶一下栽到了泥巴里,等钻出水面洗掉头发里的泥巴时,才发现头有点儿懵,估计是天灵盖碰到了泥里的石头,硌伤了,很痛很痛。

父爱如山。父亲尽管知道女儿会游泳,但还是拼命地游了过来,想伸出一只手让女儿抓住。王长英怕耽误父亲自救的时间,头一缩,潜到水里不见了。她认准了岸边的方向,一边在前面探路,一边拼命往岸边游。等双手碰到芦苇秆子时,她高兴极了,知道自己没有偏离方向,顺利地游到了岸边,自救成功了!

游到了岸边的王长英,摇晃着芦苇拼命喊:“爸,我游上岸了。你快游过来吧。”

还在水中焦急地搜寻女儿的父亲,看到女儿已经游到了岸边,非常高兴,嘴里骂了一句什么,接着快速地游了过去,两只脚刚在岸边站稳,就一把将女儿抱进了怀里。他久久地看着女儿说:“好,我女儿不简单,大难不死,必有后福!你学会了游泳,能够自己救自己,爸爸可以放心了!”

王长英心里更是高兴,在灾难来临时自己有能力游到岸边自救,自己能够掌握自己的命运，真好。真得感谢自己学会了游泳，要不然今天就成了长江里的水鬼了。

还有一次凶险的经历，王长英也是大难不死。

1967 年，白水港渔业大队开始实行渔具改革。原来一直挂滚钩和撒网的渔民人家，学会了编织三层刺网。他们也不知道三层刺网是谁发明的，只知道三层刺网捕鱼确实厉害。三层的网插在水里，就等于有了三道鬼门关，大眼的网后面是小眼的网，不管是大鱼还是小鱼，只要从三层刺网里经过，都要被堵住在网里，哪儿也去不了。

渔民们看到了三层刺网的优势，于是家家户户学习编织三层刺网。他们像制造精工产品一样，有明确的规定：

第一层的大眼网，用的是粗麻线，专门捕大鱼；

第二层的中眼网，用的是不大不小的麻绳，专门捕从大眼网漏掉的鱼；

第三层的小眼网，用的是细麻线，专门捕从大眼网钻过去的小鱼，所以三层网的麻线粗细都不一样。

从这一年开始，白水港渔业大队的三层刺网齐刷刷地进入长江、西湖和白水港。只要有鱼游动的地方，渔民就用三层刺网布下了天罗地网，一条都漏不掉。

渔民们很高兴，只要驾着船把三层刺网往水里一放，就可以高枕无忧地坐等第二天一早收鱼了，比以前轻松多了。不要排钩布阵，少了大网小网分开放的烦恼，只要把三层刺网一放，就可以回家睡大觉，而且第二天的渔获一定很多。

有人称三层刺网是断子绝孙网，这样捕捞下去，过不了多少年，长江、西湖和白水港就没有鱼了。人们看着三层刺网里满满的小鱼苗，心痛啊！连这样的小鱼苗都生存不了，以后哪还有鱼呢？

1968年8月的一天,王长英一个人在白水港里放三层刺网,网很长,她把网横放在港里,过往的鱼都得钻进三层网里,大的小的都跑不了。她放完网后,高高兴兴地玩了一会儿水才回家去。

到了晚上,天突然下起了大暴雨,电闪雷鸣,轰隆作响,大雨点打得屋上的瓦都"咚咚"乱响,可怕极了。照着这个下法,本来就涨满了水的白水港,要不了多久就会暴发山洪。

正在屋里睡觉的王长英,听父亲在隔壁房间大声对母亲说:"下这么大的雨,保不准白水港又要发山洪呢,渔船停在白水港只怕会被冲跑。"

王长英听到这话,想起下午放在白水港的三层刺网,心里慌了,心想要是山洪来了就完了。

白水港暴发山洪是很可怕的,港上游的绵绵群山都把洪水倒进白水港,在三十多里的弯弯曲曲的港里奔涌,然后一股脑儿地泻入长江。那黄澄澄的洪水像千军万马一样咆哮奔突,可吓人了。王长英打小就见过那阵势,冲掉的房子和船只像树叶一样在洪水里翻滚。

王长英知道,只要山洪一来,她下午横着放在港里的三层刺网就会被山洪冲跑,那一家人省吃俭用织出来的渔网就没了。

想到这里,王长英做出了一个连男人都不敢做的决定:趁着山洪没来,赶紧去把三层刺网收回来,让家里的损失降到最小。她走到窗前,想看看外面的雨有多大,正好一道闪电从天上直接连到了地上,发出耀眼的光芒。她借着闪电的光亮看清了外面的雨阵,发现那雨就像一支支银箭一样斜着射到地上,地上的水马上鼓起一个个大水泡。

王长英本来就是一个胆大的姑娘,此时为了抢救家里的渔网,她的胆子更大了,她不顾一切地要往白水港冲。为了不惊动父母,也怕大人阻止她的行动,她轻手轻脚地出了房门,到厅里穿上蓑衣,戴上斗笠,打着赤脚走出大门，一头扎进了暴雨中。

一个接一个的闪电，为这个勇敢的女孩照亮着通往白水港的泥泞小路，轰隆隆的炸雷，好像是鼓掌加油声。王长英一个人在四处无人的野外拼命地奔跑着，雨点打在她的箬叶斗笠上，“叮叮咚咚”地响着，想把这个不怕死的女孩吓回家去。

王长英虽然非常害怕，但心里只想着赶紧把渔网拉起来，那副渔网对家里来说太重要了。没了渔网，家里以后的日子怎么过呢？她跑啊跑啊，在泥水里摔倒了也不知道痛，爬起来继续跑，朝着几里路外的白水港闸沟湾跑去。

她怪自己把网放得太远了，放在家附近的港里多好。当时她是觉得闸沟湾那里的鱼特别多，水面又宽阔，谁能料到会发山洪呢？

在电闪雷鸣中，王长英终于跑到了白水港闸沟湾。她在草丛中摸探着，寻找她放网的标记——一根小青竹插在港边的泥水里。此时江水已经涨了起来，将她插的小青竹淹没了，她只能凭印象猜测竹子插的位置。

她摸呀摸呀，终于在水里摸到了小青竹，心里一高兴，就想用力往上拔竹子，但是她一路奔跑加上惊吓，早把力气用尽了，好不容易拔了几下，竟然没有拔起来。

看着港里的水在快速地上涨，闪电的光亮照见浑浊的洪水正在急速地往下游翻滚着，王长英有些后悔：自己不该冒着危险跑来，要是被洪水冲跑了，都没人知道。但是，她又不想放弃这副大网，心想既然来了，就要把网带回家。

她的倔强性格决定了她还要赌一把，也决定了她后来几十年做任何事情都不服输。

身材瘦小的王长英脱下蓑衣和斗笠，再次潜入水中，想抓住竹竿的下端往上拔。可是她的身体太轻,几次沉下去都浮了起来,她就像一条水草在水面上摆动着。

她气不过,再次沉了下去,嘴里喊着“一、二、三”用力往上拔,没想到“三”字刚喊完,小竹竿拔起来了,用力过猛的她却随着惯性摔到港中间去了,成了洪水中的一根稻草。

到了港中间的王长英,着慌了。她像一条鱼一样被洪水往下游冲,她手里紧紧攥着的大网,也跟随着她一起漂走。

这时候的王长英,被求生的本能迫使着不顾一切地拯救自己。她在闪电的照射下,勇敢地朝着岸边游去,好在有百米长的大网拖着她,使她的游速变慢,可以借着渔网的帮助斜着游泳。

几经努力,性格顽强的王长英,硬是凭着自己的游泳技术,从山洪的激流中冲了出来,游到了岸边。她累得上气不接下气地瘫坐在泥水地上,放开喉咙哭了起来。过了好一会儿,她哭够了,歇匀气了,才用手一抹脸上的雨水和泪水,把三层刺网拼命从洪水中拉了上来。

让她感到惊喜的是,网里藏着好多大鱼,“啪嗒啪嗒”,一个劲儿地蹦跳着向她撒娇呢!

多次大难不死的王长英,在白水港渔村成了一个传奇人物,大家都说她是个有后福的人,必然与别人不同。1972 年,刚满十八岁的她,被全村人选为副业队队长,带着十多个年轻人到枝城镇去搞搬运,不怕苦和累。在长江边运煤炭、沙石、矿石时,他们用肩膀一担一担地挑上船,压得跳板都一闪一闪地晃动,好像要把人晃荡到江里去。

王长英还把十六岁的妹妹带在身边,让她跟着自己一起吃苦受累。妹妹比姐姐的个子高,但挑的重量是一样的。而且,姐妹俩挑的货和男子汉担的重量是一样的,并不比男人弱。

看着王家两姐妹这么能吃苦，没有她们干不了的事，村民们个个都夸赞她们俩是村里的“铁娘子”，太厉害了！

1973 年冬天的一个清晨，身材瘦小的王长英冒着大雪，一个人到枝城交管站去联系装卸货物的业务。此时路上没有一个行人，北风呼呼地刮着，路上的冰像玻璃一样光滑，平常走路带风的她，此时也不得不放慢脚步，小心翼翼地踩着冰面前行。但走这样的路，光小心是没用的，王长英本以为可以顺利走完这条再熟悉不过的路，没想到还是在下坡的时候重重地摔了出去。仰天倒地的她，后脑勺重重地砸在坚冰上，发出“呼”的一声响，人随即昏了过去……

过了很久，王长英才醒过来。她躺过的冰路上，摊着一片冰水，冷得她全身发抖——她是被寒冷冻醒的。

她艰难地坐在地上，头像要爆炸一样痛，她这才感觉刚才摔得不轻，心想，不是摔伤了脑袋吧？她期待着有人能将她扶起来，扶她到枝城医院去治疗。

过了一会儿，终于有早起的村民踩着冰碴子路，“咯吱咯吱”地走过来，来的人一看王长英坐在地上，就知道她出事了，赶忙上来问情况。王长英简要地说：“叔，我刚才摔了一跤，现在头好痛，请你扶我到医院去看看吧！”

来人赶紧将王长英送到了医院，医生一检查，说王长英摔成了轻微脑震荡，得静养休息一段时间，千万不要再留下后遗症。

闲不下来的王长英，仅在家休息了几天，待冰雪化了一些，又跑到枝城交管站去把装卸业务揽了下来。满心欢喜的她，带着村里的姐妹们，一口气把装卸的重活干完了，为生产队挣到了一笔可观的副业收入。正在大家高兴的时候，王长英却因劳累过度晕倒了，脑震荡一直在折磨着她。

农业学大寨那会儿，国家兴割资本主义尾巴，渔民打的鱼，无论多少都要交给国家。如果谁敢私自将打的鱼煮了吃，只要有人发现并举报到生产队和大队干部那里，就会受到惩罚，还会被扣除国家回供的粮食。相反，渔民们把自己打的鱼积极交给国家，就可以根据鱼的重量到生产队里记工分，过年参与年终决算，不但有钱，而且还有足够的回供粮食供应。

那时候，渔民吃鱼都要过秤称、出钱买，根本不能自己做主吃自己打的鱼。没有鱼吃的渔民，只好另想办法搞鱼吃。有钱的人家可以从生产队里买鱼吃，但是很多人家没有钱，只能利用晚上的空闲时间，偷偷摸摸地躲到白水港或者西湖里放点丝网，捕点小鱼小虾打打牙祭。

而王长英却与众人不同，她既不买鱼吃，也不去干违法的事——偷鱼吃，而是砍了一根小竹子，削掉枝叶，留下一根青青的竿子，学着钓鱼者的样子，在竹竿前端绑根丝线，再用钳子把大头针压弯，做成一支锋利的渔钩，在钩子上挂上蚯蚓，扔进江里，这样就可以钓鱼了。

王长英的脑子好使，学什么成什么，在女人极少钓鱼的渔业村，她是唯一利用打鱼的空闲时间，坐在渔船上独钓的女人。国家和生产队里都有规定：为了割掉资本主义尾巴，凡是用渔网和排钩捕捞的鱼，都要百分之百上交国家。而用一根竿子钓的鱼，是不用上交国家的。这有点儿像现在的休闲野钓。王长英的人脉好，村里村外的人都对她好，就连长江里的鱼，都喜欢成群结队地来咬她的钩，好像和她沾亲带故一样。

王长英家的渔船上总是飘着鱼的香辣味道，引得村里的人都来揭她家的锅盖一探究竟。那锅里的小鱼，煎得焦黄焦黄的，在汤上面颤动着，十分诱人。有人忍不住，拿了筷子，夹一条小鱼笑嘻嘻地吃着，连鱼刺都不剔，嚼碎了和鱼肉整个吞下，连连说“好吃”。

村里有个叫刘春红的姑娘，比王长英小一岁，也是村里女子副业队的一员，跟随王长英在江边码头上装卸过货物。她非常佩服王长英，只要王长英做什么,她就跟着做什么,就怕自己做得不好。

这不,她看见王长英利用空闲时间在江上钓鱼,自己也学着做了钓竿,和王长英坐到一块钓鱼来了,明显是来拜师学技术的。两个人钓的鱼扔在一个鱼篓子里,不分你我,更不分谁多谁少,结束后一人一半分了,拿回家煎了改善伙食,亲热得就像一对亲姐妹。

遇上刮风下雨的恶劣天气,渔船不能到长江里捕鱼,闲在家里的王长英就会邀上刘春红,结伴去沙市的江湾里钓鱼。这样的活动得偷偷地进行,怕被人看见了说成是资本主义尾巴,那是绝对不允许的。因为生产队里有规定,凡是白天外出搞副业的人,只要被人抓到了,就会被扣上资本主义的大帽子。当然私自外出钓鱼也是搞副业。

王长英是生产队里的大红人,当过副业队队长、民兵连长、妇女主任等。对于她的外出,谁都不会管。只见王长英穿着蓑衣,戴着斗笠,背着鱼篓,拿着钓竿,和刘春红一起,打着赤脚走很远很远的泥巴路,来到沙市的江湾里垂钓。

下雨期间的江湾里,人迹罕至,茂盛的芦苇随风摇曳,雨点拍打着箬叶制成的斗笠,发出“噼噼啪啪”的声响;水鸟在水面上“嘎嘎嘎”地叫着飞行,让人有点儿毛骨悚然。若是一个人在这样的环境里钓鱼,估计会很害怕。不过王长英胆子大,又和刘春红一起,再寂静也不觉得害怕了。

江湾里的水打着漩涡回流,丰富的饵料吸引着数不清的鱼儿在这里觅食。王长英和刘春红站在江边,就像两只毛茸茸的灰鹭,安静地等着鱼儿咬钩。

她俩的钩子只能钓小鲹鱼,也偶有小鲫鱼上钩,还有小黄丫头也来凑热闹。就算经常拉钩,一个人一天一般能钓三四斤鱼,最多的时候可以钓七八斤,算是满载而归了。

1992 年，王长英从村两委班子退下来，没有像别的女人那样在家做贤妻良母，而是在不惑之年再学艺，主动承包了村里 1.8 亩责任田，想做一件新鲜事。当时村里的人都觉得奇怪，一个从小只知道打鱼的王长英，怎么突然承包了责任田搞种植呢？那可是农民做的事，累而且还不能旱涝保收，弄不好一年的辛苦都白费了。

就在人们猜测王长英想种什么农作物时，王长英却突然跑到外地去了，到当阳河溶、宜昌点军等地去虚心学习特色种植技术，这让所有人都不敢相信是真的。

王长英要学的，就是大棚反季节蔬菜的种植技术，这在当时当地还是件新鲜事，很多渔民连见都没有见过。学成归来后，王长英一心扑在 1.8 亩责任田里，拿出积蓄建了现代化的竹木结构大棚，在里面按技术规范精耕细作。

经过一年的试验种植，王长英取得了可观的经济效益。第二年，她又采取双膜覆盖增温技术，反季节种植辣椒、西红柿、黄瓜等，获得了很大的成功，收入很可观。王长英成了枝城地区大棚反季节蔬菜种植的先行者。

村里村外的乡亲，都好奇地走进王长英的蔬菜大棚看稀奇，有人甚至忍不住摘一个瓜果吃起来。他们这个时候信了，王长英确实是个肯学敢干的女人，跟着她准能挣钱过上好日子。

王长英成功了，却不吝啬，积极参与“双学双比”党员示范活动，毫不保留地向乡亲们传授技术。由此白水港村和周边村的大棚蔬菜种植迅速发展，就连远在松木坪、枝江和松滋等地的百姓，也都慕名前来学习技术，一时间王长英声名远播。

有着女儿身、具备男人性格的王长英，通过学习闯出了一条幸福的道路，为白水港的渔民树立了一个很好的榜样。她没有读过书，却通过在扫盲识字班的刻苦学习，认识了很多字，能看书看报，能领会中央文件的指示精神，还在大队的文艺宣传队里演过主角。她是白水港渔村的女神，被大家推选为副业队队长、党支部委员、民兵连长、妇女主任等。

有人说，王长英作为一个渔家的女儿、一个从小就在长江里打鱼讨生活的女人，是长江给了她力量和信念，给了她闯生活的勇气。

是啊，王长英巾帼不让须眉，能捕鱼，会种田，文能治村，武能打仗。当带着白水港女子基干民兵班的战士，腰束子弹袋，端着八支56式冲锋枪和十四支56式半自动步枪，齐刷刷地站在长江南岸、守卫着滚滚长江的安危时，她这位民兵连长是何等的英姿飒爽！

1993年，宜昌市妇联授予王长英“三八红旗手”称号；

1994年，湖北省妇联授予王长英“双学双比先进女能人”称号；

1997年，宜昌市“双学双比”领导小组授予王长英“巾帼标兵”称号。

王长英连续多年被各级党委评选为“优秀共产党员”，奖状奖章领不完，让人叹服！

第十七章

渔民驿站陈列室里的渔船

在白水港村的渔民驿站里，宽敞的陈列室中间位置，静静地停泊着一条普普通通的渔船。

渔船已经很陈旧了，但橙黄色的桐油还是让它泛着颜色不一样的光亮。每年一次捻船留下的白色麻筋清晰可见，像画家在船身上画了一条条贯穿头尾的白色纹理，而且展示了橙黄色船身美丽的曲线。

这的确是一条造型优美的渔船，船身苗条细长，头尾稍稍上翘，无不显露着婀娜之美！统观船体呈现出的梭子形态，它又恰似一个青壮男人般充满阳刚之气。反正从任何一个角度去看，它都展现了流线型的美。

这是一条与长江风浪搏击了六十六年的渔船，它诞生于 1955 年 7 月。船的第一任主人已经作古，第二任主人现在就坐在我的面前，给我讲述他们家两代渔民的故事。

这条渔船的第二任主人叫王雄，1956 年出生，是白水港刘氏的嫡传子孙。他父亲姓刘，母亲姓王，王雄随了母姓。王雄看上去比较年轻，六十五岁的人像五十多岁的样子，爱笑，脸上的沧桑岁月都被他笑没了。

王雄比这条渔船年轻一岁，他像一粒随风飘来的草籽，悄悄地落在一条刚刚诞生的新渔船上。他是家人们用悲惨的哭声呼唤来的,又是父母用喜悦的泪水浇灌培育起来的;是船上芳香的桐油气味催生出来的,又是长江上的波浪把他带到这个美丽世界上来的。

在王雄的前面,有两个哥哥,但小时候都夭折了。我想问他们是怎么死的,王雄摇了摇头,不想说。担任临时翻译的刘义也叫我不要再问。因此,王雄的两个哥哥到底是怎么死的,成了这部书里的一个未解之谜。白水港渔村过去有很多悲惨的故事,有些太过伤感,是人们不愿提及的,提及就等于揭开了伤疤。

王雄的两个哥哥夭折后,终日以泪洗面的父母亲,看着空荡荡的渔船,看着空荡荡的船舱,他们决定放弃这条破旧的渔船,上岸回到村里。他们先是倾其所有盖了一间小瓦房,暂时安顿下来。父亲每天背着斧头进山,在原始森林里转悠,寻找最适合打造渔船的大杉树,杉树是造船的最好木料。他一门心思地想造一条新的渔船,冲掉所有的晦气,迎接新的孩子出生。

他的父亲砍啊砍啊,每天都扛回来一棵笔直的杉树,搁在屋前的空地上风干。

那一年刚入夏,他父亲就迫不及待地请来同村的打船师傅鲁东海,帮他打造一条新的渔船。鲁东海欣然接受了邀请,背着打造新渔船的铁器工具就来了。他把工具往场上一摆,"呼呼呼",就干了起来。

每年的夏秋季节,是鲁东海最忙的季节,他要接受村里渔民人家的盛情邀请,为他们打造新的渔船。

鲁东海原名叫鲁芝福,是白水港鲁氏家族的嫡系子孙,属于老蛇的后代,从小就聪明伶俐,见啥学啥,学啥成啥。他 1902 年出生,年轻时做过乡村医生,没拜过师,属于无师自通的乡间土郎中。他一天到晚提着药箱四处出诊,用中草药救过不少人的性命。

后来，在行医的过程中，鲁东海发现木工打造新船是个高端技术活，一般木匠是不敢打船的，因此就渐渐萌生了打船的想法。做一个船匠是多么令人羡慕的事啊，因为船匠的待遇胜过乡村里任何手艺师傅。他真想弃医，从事新的职业。

就在他犹豫不决的时候，一件悲惨的事发生了，更加坚定了他的想法。他决定学习打船，为白水港渔村的兄弟们造出廉价好用的渔船，让家家户户都拥有自己的渔船。

是什么事情影响了鲁东海呢？就是侵华日军攻陷武汉之后，沿着长江西进重庆，妄想占领整个中华大地。日本侵略者在长江两岸烧杀抢掠，白水港渔村的渔民们也遭了大难，147 人被杀死，100 多条渔船在白水港里被烧毁，家家户户的茅棚都被焚烧一空。

目睹了这一切的鲁芝福，痛恨日本鬼子，同时也感到自己的医术远远救不了苦难的乡亲们。他必须学到新的技术，尽自己所能地为乡亲们服务。

赖以生存的渔船被日本鬼子烧掉了，渔网、渔钩被烧掉了，到西湖、长江打鱼都成了泡影，这极大地震撼了鲁芝福的心灵！他立下一个宏愿：要为渔民兄弟们打造新的渔船，让他们重新振作起来！

从此以后，他将当郎中时用的名字鲁芝福改成了有水的名字鲁东海。从字面上看，他是有大志向的，身在长江边，胸怀却如东海一样宽广！

又是一次无师自通！鲁东海添置了一整套的木匠工具，斧、锯、凿、刨、墨斗等一应俱全。他先躲在一个僻静的地方，仔细研究渔船的构造。哪棵树适合做船的什么部位，什么部位适合楔进船钉，都被他详细地记录下来。他一一研究透彻，并且自己画图纸，自己制作，终于打出了他人生中的第一条渔船，当作样品摆放在自家的大门口。

白水港的渔船被日本侵略者烧掉后，活着的白水港人就急着请船匠重新打造新的渔船，可是方圆百里的范围内船匠少得可怜，不是随便能请得到的。就算请来了船匠师傅，打一条新渔船的价格也高得离谱，连住房都被烧掉了的渔民人家，怎么拿得出那么多钱来打造新的渔船呢？

这个时候，人们想到了鲁班的后代——同村的鲁东海先生。看着他家门前新打的渔船，村里人试探着问他：可不可以再打几条渔船？

鲁东海用手轻轻拍打着新渔船的船身说："你们要是信得过我，我马上就可以为村里人打船。第一条渔船不收任何工钱，就算我做善事，免费相送！"

果然，马上就有人请鲁东海到家里打船。都是同一个村庄的人，知道鲁东海聪明，他打的新渔船又在那摆着，谁还会怀疑他打船的技术呢？

于是，鲁东海就开始为村里人打造新的渔船了。每年从四五月开始，一天到晚都能听到他斫木头、刨木头、钉船钉的声音。那声音是渔民们的希望，也昭示着渔民们美好的未来。日本侵略者屠村带来的阴霾，渐渐在鲁东海营造出的响声中散去。

鲁东海尽自己最大的努力，能够在一个月时间里打出一条新的渔船。在长江沿岸打造渔船的船匠师傅中，他算是最快的一个。外地的船匠清晨不干活，晚上也不干活，而鲁东海清早就开始抡起斧头，敲得震山响。到了晚上，月亮高悬天上，他还在加班加点地干。不把一条新的渔船打造完成，他就好像睡不好。

新的渔船打造完成后，鲁东海还得给船捻缝、打桐油，配上双桨，竖起桅杆，一切就绪后，还要给船披红挂彩，在爆竹声中推船下水。新的渔船要试航，从白水港起航，向着长江行驶。

新的渔船试航这一天，鲁东海表现得特别庄重，有一种仪式感。他站在渔船的中舱，灰色的粗布衣裤在江风中飘动，一副仙风道骨的模样。他是来验船的，想知道自己打的渔船优点在哪，还有什么不足需要改进。他把双手反扣在腰上，眼睛久久地看着远方的江面，在船桨的吟诗浅唱中，脸上挂着满意的微笑。

船家一边荡着双桨一边和他说话，说得最多的是新渔船吃水深了还是浅了，新渔船的灵活性是不是很好之类的话。带着感恩之心的船主，说的都是恭敬的话，让鲁东海听了心情舒爽。此时的他，是最值得骄傲和自豪的。经过一个月的日夜奋战，又一条新的渔船诞生了，他能不高兴吗？

1955 年 6 月，酷暑早早地到来了，这是打造新渔船的最好时机。王雄的父亲把自己砍来的一棵棵杉树放在太阳下晒干，把树皮刮得干干净净，然后将刚刚打造完一条新渔船的鲁东海请到家里来，选了个吉日吉时，准备打造新的渔船。

王雄的父母亲打造新渔船的心情，比任何人家都显得迫切，因为他们要打一条新的渔船迎接未来的孩子降临。

伴随着新渔船的诞生，王雄像一粒随风飘扬的草籽，悄悄潜入了这个苦命的渔民人家。他在新渔船乘风破浪的雄壮中，在母亲的肚子里度过了十个月，顺利诞生在新的渔船上。

他的到来，让一家人欣喜不已。但是，襁褓中的王雄体弱多病，哭声不断，弄得父母亲束手无策，日夜提心吊胆。他们就怕这个孩子又养不活，以至于连打鱼都没心思了。

父母亲考虑到前面两个孩子都没能逃过厄运，他们单纯的思维归结为一点：是不是姓刘不好？他家的孩子是不是不适合姓刘？于是，他们夫妻俩一商量，决定让刚出生的儿子跟母亲姓，大名王雄。

改姓之后的王雄，竟然健康地活下来了。到了上小学的年龄，他被父母亲送回了村里，在白水港小学读了五年半书。他没有等到小学毕业，所有的学校就关门停课了。

没有书读的王雄，只得和村里的同龄孩子在一起玩耍，直到三年后，才无奈地回到了父母亲身边，学习划桨荡船、放网捕鱼，当了父亲的小伙计。

这一年，王雄刚刚十三岁。

几十年后，时代变迁，科学发展，人们的思维方式与以前不同。王雄没有继承父母的原有思维，将他的儿子改回了刘姓，是刘氏家族中又一条土公蛇。

接着说老船匠鲁东海，他真是一个传奇人物。白水港的人们一直都记着他。他一生虽然没有打过鱼，算不上渔民，可他一生都在为渔民服务，前半生医者仁心，救乡亲们于病痛之中，医好了不少的疑难杂症；后半生都在为乡亲们打造新渔船、维修旧渔船。他每年都要打造三四条新的渔船，一生累计超过百条；他年年都要维修旧的渔船，保证村里所有的渔船都无病出港，归来疗伤。有人说，鲁东海老师傅维修过的渔船不计其数，所有人家的渔船都是由他精心保养过的。

打造新的渔船是一个很累的活，而维修旧的渔船则是很烦琐、很辛苦的活，但鲁东海都乐意去干，几十年来从不抱怨。

老渔民告诉我：每年夏天，从 7 月开始，长江涨大水，进入汛期，同时也进入了休渔期，所有渔民都会自觉地将渔船拉上岸维修。这似乎是长江自古以来就有的规定，谁都不敢违抗。靠长江捕鱼为生的渔民，也不会去违背祖上的规定，不会去违反大自然定下的纪律。

休渔的季节，白水港渔村呈现出热闹的气氛，热闹的程度不亚于春节。常年在数百里长江上打鱼的渔民，此时都驾着渔船归来了。渔民们把在风风雨雨中闯荡了一整年的渔船拉到岸边，把船上所有的炊具都搬到家里，维修渔船的繁忙工作便开始了。

长江南岸，白水港渔村近两百条渔船一下子集中在一起，排列成一个庞大的船阵。船阵里，每天人声鼎沸，欢声笑语，人们围绕着渔船，快乐地干着清洗船体的工作。

渔船的维修过程分为两个阶段：

一是渔民站在江岸边洗船，将渔船里里外外的污垢清洗干净。渔船在江水里行走了一年，船底会依附很多小螺、小蚌之类的小生物，必须要铲除干净。

二是将渔船拖上岸，倒扣在屋门前的晒场上，让烈日曝晒多日，直到船体发烫之后，才开始进行维修。这是鲁东海的事，渔民只能打下手帮忙。

鲁东海拿着捻船的锤子和凿子，拼命地将麻筋往破损的船缝里打进去，堵住一个个破损的地方。这道工序很关键，要塞得很有力道，松了是不行的。

这个时候的鲁东海，全神贯注地干着活。“叮叮当当”，铁锤和凿子击打船体时发出的声音特别清脆悦耳，整个村庄都能听得见。鲁东海在太阳下晒得大汗淋漓，粗布褂子都被汗水湿透了。别人可以躲到阴凉的地方去凉快凉快，可他不能，他得抓紧时间干活呢。村里所有的渔船都要维修，他分身乏术。

趁着船体被晒得滚烫，鲁东海开始给船刷生油，也就是没有经过高温熬过的桐油。待这层生油晒干、晒透了，全部被木头“吃”进去后，再漆黑油。

这种黑油，是经过高温熬制过的熟桐油，非常黏稠，要趁着天最热的时候进行涂刷，这样它干得快，木头吃得透。涂刷了黑油的船体，表面非常亮，像附着一层玻璃，水浇在上面，犹如荷叶上滚动的水珠子，滴溜溜往下掉。

当然，这个过程中的鲁东海，也像在进行一次次的炼狱。火热的黑油和天上火热的太阳，一起炙烤着本来就晒得滚烫的船体和鲁东海的身体。换了别人，或许早就跑掉了，可鲁东海却脱掉粗布褂子，光着膀子干，成串的汗珠从他黝黑的皮肤表面流下来，滴在泥土里，洇湿了好大一片地方。

躲在阴凉的地方织着渔网的妇女们，看着鲁东海这么辛苦，都想劝他到树荫下休息一会儿，可鲁东海只是笑笑，喝完一碗凉茶，抹抹脸上的汗继续干。有时候，他也腾空说上几句幽默俏皮的话，活跃活跃气氛。

他是一个快乐的人，也是受村里所有人尊敬的船匠师傅。从某种意义上来说，他是掌握着全村渔民命脉的人，必须要一丝不苟地维修好每一条渔船，才能让所有渔船在长江上打鱼都不出事故。

鲁东海是白水港渔村众口夸赞的好人。他用一生的美德，完成了他辉煌的人生！好人长寿，或许是他的善行感动了天地，一生都在行善积德的鲁东海成了村里的大寿星——1988 年无疾而终，享年八十六岁。

第十八章

开办撒网学习班

2021年9月12日上午，白水港村委会会议室进来了三个老渔民，分别代表“40后”“50后”和“60后”。三个人的身世都不一样，很有代表性。

刘泽应出生于1947年，满头的白发，显得有些苍老，但精神还不错，说话的声音较大。他十六岁开始打鱼，直到2018年长江禁捕，他才停止捕鱼。掐指一算，他在长江上整整打了五十五年的鱼。

他在昌江上度过了五十五个春夏秋冬，白水港村在他心里，如同一个暂时歇脚的客栈，数百里长江才是他的家。从少年到青年，再到老年，长江的风、长江的浪染白了他一头乌黑的头发，苍老了他原本白嫩的皮肤，也让他饱尝了酸甜苦辣。

他一生在长江上到底捕了多少鱼，确实无法统计，也没有人为他统计。他只知道，上等鱼都卖给了国家，用鱼的斤两换生产队里的工分，超出的鱼才能挑到市场上去卖，换成钱用作家里的柴米油盐等日常开支。只有卖不掉的烂鱼和小杂鱼，才会拿回家给一家老小打牙祭。

任何渔民都不舍得吃自己捕捞的上等鱼，那可都是能卖好价钱的鱼啊！

刘泽应具有丰富的捕鱼经验，年轻时经常捕到数百斤重的中华鲟等大鱼,还捕到过十多斤重的娃娃鱼,那鱼有四只脚,像孩子一样哭;还常常捕到乌龟、甲鱼。只要是长江里的鱼,他都捕到过。有些怪鱼看着挺吓人的,他就放回了长江。那都是不幸的生命,他不想再伤害它们。

正所谓"近水知鱼性,近山识鸟音",在长江上生活了一辈子的刘泽应,知道哪个地方的鱼多,哪方水域留得住名贵的鱼。在村里举办的撒网学习班上,他还给年轻的渔民讲过课呢。他虽然只读过三年小学,认的字都忘光了,但在撒网学习班上讲捕鱼技巧,讲得很生动。他毫无保留地把自己摸索到的经验传授给青年人,让他们能够多捕鱼,早早掌握自己的命运。

现在,七十四岁的刘泽应不打鱼了,赋闲在家安享晚年,心态平和。不过,他说他还经常想起在长江打鱼的时光,就怕技术生疏了。如果十年后长江开禁,他恐怕再也不能打鱼了,那是多遗憾的事啊。

"50后"老渔民叫刘红岗,1959年出生,喜欢开玩笑。在我面前,他说他就是一个加工厂的厂长。我忙问,是什么加工厂?他翻了一下白眼,学着小品演员赵本山的口气回答:"渔网加工厂呗!"

刘红岗的话,引得在座的人都笑了起来。翻译刘义笑过后佯装教训刘红岗:"严肃点,林同志是在采访,又不是看你模仿赵本山!"

其实这样的气氛很好,能够让他们轻松愉快地回忆打鱼的经历,毕竟他们都没有接受过采访,很多人都显得拘谨,不知道怎么说好。

自称加工厂厂长的刘红岗,没读过多少书,十二岁就开始当父亲的小伙计,被父亲安排在船尾荡桨。由于身高不够,父亲给他准备了一个小板凳,让他垫在脚下增加高度。用两支桨拨动水是很花力气的,刘红岗的力量不够,就用整个身体往前压,将两支桨的把手压到最低。只有这样,两支桨才能拨出浪花,推动渔船前进。

划了很久的桨,刘红岗胸前很痛,胸前的皮肤都压出了老茧子,但他不敢对父亲说，怕父亲说他一个男子汉，连荡桨这么简单的事都做不好。当老板的父亲很威严，对儿子总是板着个脸。一家人的生活重担全压在他的肩上，很沉重，因此他很少对家人笑。

父亲力气大，喜欢站在船头上撒网，像天女散花一样精彩。从他手臂上撒出去的大网，连太阳都罩住了，然后像一个大圆盘一样沉入江水里。过了一阵，他才往回收网绳，将网慢慢拉上来。

这个时候，刘红岗最开心。大鱼小鱼在父亲拉起的网里活蹦乱跳，撞得水花四溅。他看见父亲的脸上也有了喜色，嘴会撮起来吹几口气，好像是在释放一种压力。父亲还会特意抖一抖网绳，显摆似的让网绳在船头晃几下。

每一网的丰收，都能让他的父亲高兴一阵子。网网不落空是长江对父亲的馈赠，也是对一家老小的馈赠，他们都很感谢长江的无私奉献。

父亲撒的网都是麻线织的，一副网包括铁脚子，总共有十多斤重，要是浸了水会更重。但这样重的网，父亲还是撒得很开，有时候还能打起几十斤一条的大鱼，就像一头滚圆的半大猪崽。

有时候，刘红岗还会和父亲一起去江中放渔网，体验另一种捕鱼的快感。父亲把渔网的一端系紧在船头上，另一端放在水里，由渔船拖着走。一百多米长的渔网，有浮子浮在水面上，渔船和渔网一起随着江流下行，刘红岗只需荡着桨掌握航向。渔网在江中随着水流动，等待着鱼的到来。

兴冲冲地游动着的大鱼，并没注意到水中的渔网，一头撞到了网上，虽然尖尖的头钻过了网眼，可是粗大的身体过不去。焦急之中，大鱼只好往回退。哪知道这么一退，渔网的麻线正好卡进了两边的鱼鳃。这一下，它可动弹不了了，即使头和尾巴拼命地扭动挣扎，也逃脱不掉，它只能乖乖地束手就擒。这就是渔网的厉害之处。

刘红岗在父亲手把手的教育之下，通过经年累月的观摩实践，终于学会了父亲所有的放网捕鱼方法,成了长江上新一代捕鱼达人。

到了十八岁的时候,父亲很严肃地对刘红岗说:“儿子,你已经十八岁了,可以当老板了。我和你娘准备托个媒人,帮你找个老婆结婚。你成了家,就是一家之主,要自己去闯生活。我们准备打一条新的渔船给你,你要好好当老板,要比爸妈强,做人做事都要对得起长江。记住,是长江给了我们饭吃,给了我们衣穿,我们要懂得感恩!”

刘红岗一生都记得父亲的话,他在长江上打了四十八年的鱼,织了五十多年的网。经他的手织出的网,应该不少于十公里长,所以他戏称自己是渔网加工厂的厂长,更是一个快乐幸福的长江渔民。

自嘲是渔网加工厂厂长的刘红岗,每天空闲的时候,仍会坐在家门口专注地编织渔网。他手里拿着竹针,牵动丝线上下翻飞,动作麻利得很。虽然国家宣布长江禁渔十年,但他还是乐此不疲地干着织网的活。这是他一辈子的爱好——从织网的过程中寻找到最大的快乐。

不过,他现在织的渔网,可不是自个儿打鱼用的,而是卖给鱼塘养殖户的,大网目的用于捕鱼塘的大鱼,小网目的用于捞繁育的鱼苗,品种多样,任人选择。有养殖户不定期地来收购渔网,有论斤买渔网的,也有论长度买渔网的。

刘红岗卖渔网特随便,也不讲价,人家付多少钱,他就收多少钱,权当搞副业,也是为了让织网的手艺不失传。这是祖上一辈辈传承下来的技术,到了这一代就失传了。他的儿女们已经不会织网了,说这技术太落后,机器织网多快啊,一百个人都抵不上一台织网机。

儿女们的这些话,并没有打消刘红岗织渔网的积极性,他见人就笑着说:“村里现在环境好得很,家家都是江景房,推开窗就是鸟语花香,还能看见一江清水、一片蓝天,天上的飞机、江上的轮船都看得清清楚楚。在这样的环境里织网,就是一种天大的享受。”

从2019年4月开始,刘红岗每个月都能领到八百多元的养老保险金,加上每年政府对渔民发放的退捕补助资金,以及每个月织网的收入,他的晚年生活算很好了,虽非大富大贵,但至少生活殷实,不愁吃喝。

“60后”老渔民刘为民,出生于1967年。那时候,白水港的年轻人和全国人民一样充满干劲,斗志昂扬。

就在这个时代,白水港农业大队一个农民的家里,突然传出了婴儿的啼哭声——刘为民出生了。

刘为民的父亲刘泽万,当时也是一个充满火热激情的年轻人。儿子出生后,他为儿子取了个时兴的名字——刘为民,希望儿子长大后能为人民服务。后来的几十年,本分的儿子只是一个普通人,种田、打鱼,也搞工程建设。

刘泽万则在时代的大潮中,于1969年当上了白水大队的党支部书记。他们夫妻俩共育有四个子女,分别取名为刘全心、刘全意、刘为民、刘臣福。

刘为民一家都是农业人口。他会打鱼,常利用农业生产的空闲时间到白水港里张网捕鱼,也经常去长江岸边放网,捕的鱼都是自己家里人吃。餐桌上经常有丰盛的鱼宴,比专业渔民家吃的鱼还多。

他并不是一个专业渔民,而是一个亦农亦渔的白水港人。他有田地可以耕种,也有网具可以打鱼,两种活他都干得很好。刘为民为人不错,在村里跟谁都合得来,笑容常挂在脸上,见人一脸喜色,因此也没有人制止他放网捕鱼。

不过,后来刘为民既不种田,也不打鱼,而是去做了基建包工头,成了一个行走于城镇的小老板。那些年,房地产炒得火热,搞基建的包工头都挣了钱,刘为民的腰包也鼓了起来,家庭生活得到了极大的改善。

但是，无论生意多么忙，刘为民都不会忘记从小就喜爱的捕鱼，他会抽出时间回家，拿上渔网，到长江里去放网捕鱼，改善家里的伙食。他说他就喜欢吃野生鱼，城市菜场的鱼不好吃，都是人工养殖的，吃的是鱼饲料，不是有泥巴味就是有化肥尿素味。只有长江里自然生长的鱼，口味才是最纯正的。

自从2018年长江开始禁捕之后，刘为民这个亦农亦渔亦商的白水港汉子，就再也没到长江去捕过鱼了，几副渔网都高高地挂在家里的墙上。风吹动渔网的时候，网底部的铁脚子会发出清脆悦耳的金属撞击声。

第十九章

刘义和他的龙舟赛护航编队

一说到长江上举行的国际龙舟大赛，刘义就手舞足蹈起来，别提多高兴了。要知道，那时白水港渔民在外国人面前露了个脸，为国际运动员当了一回水上保镖，没有发生半点儿安全事故。

1992 年，宜昌市要在长江上举办国际龙舟拉力赛，邀请了多个国家和地区的龙舟队参加比赛，很快就有来自英国、新加坡、意大利、马来西亚和我国的共青鸭鸭女子队、湖北省代表队、宜昌队、葛洲坝女子队等十八支龙舟劲旅参加比赛。世界各地高手云集于此，逐梦长江。

龙舟赛选择的江段，从秭归县茅坪镇延伸到葛洲坝，全长八十七公里，这是一次耐力的大比拼。

虽然龙舟是顺水而行，但此段江面曲折多弯，江水回流复杂，对于窄长的龙舟来说，存在着一定的危险性。假如龙舟在比赛中不幸倾覆，几十名龙舟队员的生命就难以保障。因此比赛的组织方需要慎重，要保证百分之百的安全，不能有半点儿差池。

有人提出了一个特别可行的方案，在比赛过程中，必须征调一批当地渔船保驾护航。这些征调的渔船要非常熟悉比赛江段的情况，能够在出现险情的时候,快速地冲上去,救起每一个比赛选手。

龙舟赛组委会很快采纳了这个方案,并在沿江渔民集中的地方寻找渔船。几经了解和筛选,最后选定白水港渔船作为安全保障船只,全程为十八支龙舟队保驾护航。

接到护航任务的白水港渔民,别提有多高兴了。个个摩拳擦掌,争着报名参加护航。不用买票就可以观看国际龙舟大赛,而且是近距离观摩,谁不乐意呢?虽然那一天打不了鱼,可那不算什么。一辈子都在打鱼,也不差这一天半日的。

长江两岸的渔民有很多,渔民村落一个接着一个,龙舟赛组委会单单把这么重要的护航任务交给白水港渔民,这是对白水港渔民极大的信任。谁会不高兴呢?

其实白水港的渔民并不知道,是他们的名声帮自己投了宝贵的一票。白水港的渔民早就是高山打鼓——四方闻名(鸣),龙舟赛组委会不选他们,别人还不怎么放心呢!

社会上很多人都知道,白水港历史上就有渔龙舟比赛的传统,白水港的渔民是打鱼的好把式,也是赛渔龙舟的优秀选手,千里长江就是他们纵横驰骋的比赛场。

白水港的渔民祖祖辈辈都生活在长江上,以捕鱼作为生存的唯一方式,在长期的驾船捕鱼过程中,渐渐演变出一种快乐的水上竞赛,以渔船代替龙舟追悼两千多年前的屈原,形成了一种有地域特色的家乡文化。

屈原是战国时期楚国丹阳人,也就是今天的湖北省宜昌市秭归县人,离白水港渔村不过几十公里的路程。要细算起来,白水港渔民和屈原是正宗的老乡,有着同一地缘的亲情,只不过时间的隧道,让古今的乡亲相隔了两千多年。

屈原是个大诗人、大政治家，有惊天动地之才，是荆楚大地的骄傲！当楚国家乡被秦军攻破后，屈原悲愤交加，自沉于汨罗江，以身殉国。

千百年来，总有人在端午节的几天里，驾驶着各种船只，在长江上抛撒粽子，表示对屈原的追思。渐渐地，白水港的渔民划渔船演变成了一种快乐的竞赛：一条条渔船排成整齐的队形，在一声口令下，百船竞发，桨声、水声、鼓声和着人们的欢呼声，响彻长江南岸，那些往日动若脱兔、静若处子的小渔船，此时就是一个个冲锋陷阵的斗士，在长江的波涛上破浪前行，勇争第一。

这是白水港渔民的盛大节日，和草原上的赛马、平原上的赛车一样，都是刺激而又浪漫的赛事。

虽然没有详细的文字记载，白水港的渔龙舟比赛到底有多少年历史，但一辈辈的老人口口相传，这种渔龙舟比赛至少沿袭了两百年。自白水港渔民的祖辈从四川迁徙到白水港打鱼起，这一活动就开始了，后来活动规模慢慢变大，渔船慢慢变多。

渔龙舟比赛仅在日本侵略者在长江两岸烧杀抢掠的那几年中断过。那时，白水港的渔船被烧掉了一百多条，没有渔船参加比赛。民不聊生，何来渔龙舟比赛？

白水港的渔龙舟比赛与其他正规的龙舟比赛不同的是，人们在船头扎上用彩纸做成的龙头，将普通的打鱼船装扮一新，特别美观。渔民们双手举着桨站在船舱里，当听到鼓声响起，便用全身的力气划桨。渔龙舟便如一支支离弦之箭，飞一般向前奔去，四溅的水花飞向空中，在太阳光的照射下七彩斑斓，美不胜收！

白水港的渔龙舟比赛，除了纪念家乡先贤屈原，还有另一种意义：祈求河神保佑白水港来年风调雨顺，家庭平安，渔业丰收。

白水港渔民每年都要举行一次祭祀活动。祭祀活动开始时，由一位德高望重、穿着整洁、表情严肃、步履稳健的老者，在各条参赛的渔龙舟上举行简短的仪式，点燃三炷香，燃烧冥纸，并象征性地抓起几把米撒入江中，口中念念有词地祈祷：

河神河神请听好，
你的子孙今来到；
三炷高香表诚意，
送去冥钱朝天烧：
一求河神保平安，
二求河神送元宝，
三求河神福星高照，
四求河神年年好！
龙舟竟相护河神，
以此对您把恩报！

老者祈祷完毕，恭敬地跪下双膝，面对长江行三拜礼仪。所有龙舟赛选手和在场人员，都跟随着老者的动作，一齐向着长江虔诚地拜三拜。那场面非常庄严，没有任何声音干扰，充满了神圣感。

祈祷完毕后，岸上的人们开始燃放鞭炮，顿时硝烟腾空而起，万炮齐鸣，好不激情澎湃。

龙舟比赛开始了。按照比赛规则，白水港的渔龙舟比赛必须逆水而上，比正规的龙舟比赛难度更大，是对所有划桨选手体力的考验。逆水行舟，不进则退，朴素的人生哲理贯穿于整个渔龙舟比赛过程中。

正是因为渔龙舟比赛远近闻名，白水港渔民才被选拔为国际龙舟大赛的护航队，承担着重大的安保任务。

领受安保护航任务的白水港渔民，一致推举村团支部书记、民兵连长刘义带队，由他在全村近两百条渔船中，挑选出十八条船况好、速度快的渔船担当重任。

挑选出的这些渔船，做了统一安排：每条船只有一个技术高超的舵手，小伙计都下了船，另外配了三个救生员。挑选出来的这些救生员，都是村里年轻的渔民，身体好，力气大，会游泳，而且都是水性很好的汉子，个个都能在八十七公里的比赛途中自始至终处于高度戒备的状态。

这十八条渔船，编号从01号至18号。要求每条渔船跟定一条龙舟，龙舟在前，渔船在后，两者之间的距离必须保持在10到15米，不能太近，也不能太远，要把握精准。

参加安保护航的渔船清一色安装了八马力的柴油发动机，将原有的六马力小柴油发动机替换了下来，为的就是加快速度。这好比陆地上的马车改成了骏马，更换了发动机的渔船跑起来比龙舟跑得还要快。

带队的是时任书记刘泽奎和治保主任刘义，刘义还有另一个职务——护航安全员。

1963年9月出生的刘义，这一年才二十九岁，正是血气方刚的青年。在部队摔打过几年的他，对率队参加安保护航充满了信心。

刘义是土生土长的白水港人，为白水港刘氏十三世裔孙，也是渔民的后代。他是中共党员，也是退伍军人，高中毕业后一直在村里担任基层干部。因为他性格耿直，仗义执言，大公无私，村民们都信任他，对他评价很高。

1992年10月23日，国际龙舟赛如期举行。

比赛的头一天，刘义就像《三国演义》里的一员大将，挺着胸，威武地站立在首船的船头，手里举着三角小红旗，指挥着十八条大马力的安保护航渔船，去往屈原故里——秭归县归州镇。

归州镇，古称归州古城，位于三峡上游三十三公里的西陵峡北岸，风景绝佳，素有“三峡咽喉、西峡明珠”之称。据考古发掘的文物证明，早在30万年前，人类便开始在这里生活，经历了四肢行走向直立行走的漫长演化过程。3600年前，古归国在这里诞生，3100年前，楚始都在这里建立，伟大的爱国诗人屈原就出生在这个镇子上。1800多年前，吴将陆逊在这里击退蜀国大军。

一个小小的归州古镇，把高峡平湖、西陵风光尽收眼底。这里囊括了巴楚文化、屈原文化、三国文化、昭君文化等古老文化，以及赛龙舟、玩龙灯、吃粽子、送祝米等原始的民俗民情。迈步走在这样的古镇上，每一步都能感受到穿越的气息。

刘义率领着机动渔船船队，从宜昌出发，航行八十七公里长江江段之后，到达了归州古城。他们将十八条渔船一字排开，停泊在江边的小码头，船头遍插龙舟赛的安保护航三角小红旗。不远处，同样停泊着十八条体形瘦长的彩龙舟，和这边的安保渔船遥相呼应，都在安静地等待着明天激烈的比赛。

第二天早上，秋天湛蓝的天空下，归州古城临江的岸边，已经挤满了密密麻麻的人群，都在翘首以待龙舟比赛的开始。此时十八条龙舟和十八条安保渔船，都已经按照一前一后的顺序排好了队形。等发令枪一响，比赛就会开始。

十八条渔船上的人得到的信息是：参赛的龙舟一共十五条，也就是十五支龙舟劲旅参加角逐；另外三条龙舟为预备龙舟，紧跟在参赛龙舟的后面。比赛中途若有龙舟损坏，预备龙舟则作为替补龙舟，由安保渔船牵引随行。

为了这三条不参赛的替补龙舟，十八条安保渔船的渔民们还有过很有意思的争论，谁都想跟着参赛的龙舟冲锋，谁都不愿意牵引不参赛的替补龙舟。最后刘义亲自点将,由三位年长的舵手驾驶渔船牵引替补龙舟。

刘义对这些担任安保任务的同村兄弟们一再叮嘱:“无论是谁,无论是跟着参赛龙舟还是牵引替补龙舟,每个人都得拿出十二万分的注意力,切实保护好每一条龙舟上的参赛队员。如果出现什么不测,必须第一时间跳水救人,百分之百地保证参赛队员的人身安全。不能掉任何链子,不能给白水港的渔民丢脸!不能被别人骂白水港的渔民窝囊!”

这是领队刘义向全体安保护航渔民发出的倡议,也可以理解为出征誓言。

千百年来,白水港的渔民从来没有窝窝囊囊地生活过,面对自然灾害,没有退缩过;面对江难事故,没有害怕过;面对日寇的屠杀,没有屈服过;面对黑恶势力的打压,没有认怂过!

铮铮铁骨,可歌可泣!

他们怀揣着一颗赤诚之心,在别人需要帮助的时候挺身而出,在国家需要他们付出的时候倾尽所有,在正义面前毫不含糊地坚定立场,在大是大非面前从来不会违背做人的准则。

浑身正气,感天动地!

对于龙舟赛这么大的安保护航任务,白水港的渔民哪一个不是全力以赴地参与其中?叫谁上,谁就上,不计任何报酬和付出。谁也不争不抢,绝对服从村委会领导的安排。十八条渔船出征,代表的是白水港整个渔村的荣誉;七十多人参加安保护航任务,代表的是白水港两千多个村民。

这是组织对白水港渔民的最大信任,哪一个不是摩拳擦掌、热血偾张?

这毕竟与白水港的渔龙舟比赛不一样,渔龙舟比赛只是渔民们的一种自娱自乐的活动,而现在要进行的比赛是国际性的。白水港的渔民们,谁都不能把脸丢到国外去!

根据龙舟赛组委会的安排，比赛从8:30开始，到三峡江段吃午饭；下午2:30出发，晚上6:30顺利到达葛洲坝，完成八十七公里比赛全程。

比赛前十分钟，十八条龙舟和十八条安保护航渔船全部各就各位，所有参赛者和服务工作者都在安静地等待着发令枪响。

宽阔的长江江面上，此时只有水鸟在空中自由地飞翔。它们也许不知道这里马上就要进行盛大的赛事，但看见一江两岸彩旗招展，气球满天，就好奇地看热闹来了。它们本来就是天天绕着船只飞翔的长江骄子，此时此刻哪能缺席今天的盛大场面？

上午8:30，一声清脆的枪声划过长空，长江上的首次国际龙舟比赛开始了。只见十八条色彩斑斓的龙舟，像等久了的蛟龙一样，"哗"地一下往前冲去。数不清的桨片撩起的水花，在龙舟两边像天女散花一样绽开。紧跟在龙舟后面的十八条安保护航渔船，也都开足了马力，在相距十多米的江面上破浪前进。

与其说这是一场国际龙舟比赛，还不如说是白水港的渔民们在快乐地进行着一场渔龙舟比赛呢。他们觉得这样太刺激了，前面有龙舟在竞争，后面有他们的渔龙舟在竞争，两种竞争都那么让人震撼！

安保护航渔船上的渔民们穿着火红的救生衣，半站半蹲在船舱里，一个劲地为自己保护的龙舟喊加油，因为前面的龙舟拿到了冠军，意味着保护它们的渔船也会拿冠军。这叫上了哪条船就希望哪条船赢，同盟关系在这样的比赛中悄然发生了变化。

刘义坐在01号安保护航渔船上，也跟着大伙一起为前面的龙舟高喊"加油"。01号渔船保护的是江西共青鸭鸭女子龙舟队，这是一支国际龙舟劲旅，拿世界冠军拿到手软。一群像鄱阳湖里的黑天鹅似的姑娘，平时走在人群里并不显眼，江湖上的阳光把她们的皮肤晒得黝黑。但是，只要一支桨拿在她们的手里,从桨叶入水的那一刻起,这些姑娘一个个就像打了鸡血似的,嗷嗷大叫着,仿佛要驾驭着龙舟朝月宫奔去。

龙舟到达兵书宝剑峡的时候,人们不愿意看到的一幕还是发生了。编号13的浙江龙舟队,在冲过一处激流的时候,被巨大的浪头掀翻了。飞奔的龙舟顿时像一片叶子,将几十名龙舟队员倒扣在长江里……

看到这一幕,马上有四条负责安保护航的渔船全速围了上来,十二名渔民毫不犹豫地跳入风浪中,将一个个在水中挣扎的运动员救了起来,把他们托举到就近的渔船上。此时后面的快艇也赶了上来,经过清点人数,发现运动员一个不少,并且立即换乘了预备龙舟,继续进行紧张的比赛。

这是一场经过了预演的施救,白水港的渔民们用最快的速度,成功救起了一条龙舟上所有的落水运动员,没有造成人员伤亡的重大事故,保证了龙舟比赛的顺利进行。

在这次的龙舟赛结束后,白水港渔民勇敢救人的壮举受到了大赛组委会的特别表扬,一群长江骄子在世界人民面前露了一回脸。

第二十章

一枚闪光的入党50年纪念章

2021年7月1日中国共产党成立100周年之际，白水港村的老书记刘泽奎胸前戴上了一枚特殊的纪念章——入党50年纪念章。这枚纪念章金光闪闪，意义非凡，让刘泽奎感到骄傲和自豪。

1951年出生的刘泽奎，看上去比较年轻，但却是70岁的老人，党龄50年，是白水港一名老党员干部。他仅读了四年小学，头三年都是一年级，第四年才升到二年级。留级的原因是他成绩不好，成绩不好的原因是家里没有人管他。饱一餐饿一餐的日子让他产生了恐惧感，他哪还有心思读书做作业呢？

读了四年书之后，刘泽奎就没再读书了。不是他不愿意读书，也不是没有读书的天分，而是家里实在没有人在岸上照顾他。他像一个野孩子，吃百家饭长大，没有父母的照顾，很是可怜。

刘泽奎的父母都在长江上打鱼，一年四季，有三个季节吃住在渔船上，只有夏季拖船上岸维修时才待在家里，就连春节，也只在家里待十多天，过完元宵节就登船打鱼去了。过着苦日子的渔家人，不打鱼就没有办法生存。由于捕鱼场所离家有几百里的水路，所以他们平时很少回村，对儿子也关心不上，儿子读不读书、升不升学，一点也过问不到。刘泽奎就像一棵树、一棵草，没有人过问。

因此，刘泽奎很小就上了渔船，成了父亲的小伙计，学习捕鱼的技巧，划船、放网样样在行。直到1970年，刘泽奎才弃船上岸，进白水港大队当民兵连长、会计，1971年光荣地加入了中国共产党，四年后任大队副书记，1988年担任村支书，一共当了30年的村干部。

刘泽奎在接受采访时，以一个30年老村干部的口气，介绍了白水港村的历史变迁。他说白水港村以前一直是一个畸形的村庄，是政府的一个包袱，像个皮球一样被踢来踢去，经常被改变性质，搞得人无所适从。

白水港人自古以来就以打鱼为生。新中国成立后，村民的性质就有了变化：以打鱼为生变成了以捕鱼为主，以农业为辅。翻了身的渔民，人人分得了田地、耕牛和农具。但1954年的一场百年不遇的大洪灾使渔民的梦想破灭了，家里的田地全部被淹掉了，粮食颗粒无收，村民只好完全靠打鱼过日子。

于是，国家对这些渔民给予了很大的关照，每家两个渔民可以吃商品粮，像城市干部职工一样凭证购买粮食度过饥荒。而家里其他人只能继续吃农业粮，靠灾后重建熬过艰难的日子。这样的现状一直持续了十多年。

1962年，湖北省政府下了一个文件，叫作“以农则农，以渔则渔”。根据文件精神，白水港村的渔民又有了新的变化，当时县政府下来一个工作队，就是具体来落实这个新政策的。工作队把全村渔民的247亩田地和耕牛、农具，全部平调到就近的白水港农业大队，而所有渔民人家从原来的两人吃商品粮，改革为全家人一律转为非农户口，吃商品粮，享受城镇非农人口的同等待遇，到国营粮站买粮食吃。

1970年，国家又把白水港的渔民划成渔农，不再享受城镇居民吃商品粮的待遇,重新成为农业人口。而且这些已经没有了田地可以耕种的渔农,还得向国家做贡献——必须向国家交商品鱼。

上级规定了鱼的具体数量和任务,交多少鱼就吃多少粮食,这叫粮鱼挂钩,看似要白水港渔民抓革命促生产,发挥渔民捕鱼的积极性,但实际上给渔民脖子上套了一个紧箍圈,使渔民们憋得喘不过气来。长江里的鱼越来越少了,捕鱼越来越困难了,可是却要交足够的鱼,才能换到一家人的口粮,要是完不成任务,一家人就得挨饿,谁不捏一把汗呢?

渔民们啊,无根的漂萍生活只能更加窘迫。

有人算了一笔账:渔业大队全年要向国家上交 5 万斤优质鱼,才能得到人均 460 斤原粮,也就是稻谷。按照每 100 斤稻谷碾出 70 斤大米计算,一个渔民一年获得的大米才 320 斤,远远不够吃。这还是完成了任务才能得到的粮食,要是没有完成任务,那得到的粮食就更少了。

吃不饱饭的白水港渔民们不得不另外想办法,用瓜菜代替粮食,有一餐没一餐地应付着过日子,最好的办法就是一天只吃两餐,天没黑就倒在船上睡觉,能够省下一顿饭,反正饿不死人。

就在这个时候,刘泽奎被大队书记叫上岸,不让他打鱼了,让他到大队当民兵连长和会计,因为没有人愿意在大队当干部拿工分,得拼了命地去长江捕鱼换粮食,要养活一家老小。

刘泽奎说:很多渔民当时都想不通,不知道国家为什么要这样对待白水港渔民?其实,白水港的渔民为国家做出了很大的贡献。从 1952 年荆江分洪开始,白水港的渔民就不顾一切地参加国家建设。在荆江分洪那么大的水利工程中,刚刚获得解放的白水港渔民划着自己的渔船,义无反顾地加入 30 万建设大军中,以 75 天的时间建成了荊江分洪第一期主体工程和几个附属工程,创造了人间奇迹。

平时爱船如命的白水港渔民，遵照工程指挥部的命令，硬是用自己的渔船装运砂石，一次装载两三千斤，横渡长江，在波浪翻卷的江水上来来回回地跑，每一趟跑三四公里，天不黑就不会停下来。因为体量小，砂石超载严重，渔船很危险，经常翻船，但并没有谁畏缩怕死，都觉得这是在为新中国建设出力，特别有劲。

在20世纪50、60、70年代的大型水利工程建设中，包括许多座大型水库建坝，工程指挥部都要白水港的渔船全部参加，承担砂石的过江运输任务。这似乎成了人们的共识，觉得白水港近两百条渔船，就是一支庞大的水上运输大军，总能将建坝、建闸所需的砂石按时运抵工地。他们哪里知道，那可是渔民赖以生存的捕鱼工具。渔船损毁了，他们怎么在长江上捕鱼呢?

面对那么艰巨的运输任务，冒着船毁人亡危险的白水港渔民，却没有一个认怂，都积极地参加国家的大建设。渔民们对祖国的忠诚都体现在无私无畏的精神上，这是多么了不起的人格魅力啊！

更不可思议的是，白水港的渔民划着渔船在长江上运输砂石，全部都是义务劳动：工程指挥部既没给劳动报酬，也没给适当的补贴。渔民们只能回到生产队来记工分。一天记一个标工，相当于现在的出全勤。

记了一个标工的渔民，并没有钱领。生产队拿不出钱付报酬，国家也没有拨款，就当是平时出工考勤。

在那个轰轰烈烈、大兴水利建设的年月，当然不止白水港的渔民义务劳动，全国的老百姓都义务劳动，抓革命促生产，政治觉悟就是那么高。

从1965年开始，生产队根据国家颁布的《农业六十条》精神，渔民们打鱼必须大集体作业，最少要三条渔船一起出江打鱼，形成互相监督的机制，少于三条渔船一起打鱼，那是要严厉打击和处罚的：不但鱼要被没收，渔民还领不到生产队分配的粮食，只有挨饿的份。

为什么要三条渔船为一组出江打鱼呢？很多人开始都不知道原因，后来的规定才让他们解开了这个疑团。

所谓的三条渔船为一组集体打鱼，就是把打到的鱼拿到市场上去卖时，三个人各有分工，形成互相监督机制：第一个人管过秤，称鱼的重量；第二个人管记账；第三个人管收钱。三点一线，钱和账分开，谁也做不了手脚，有什么问题可以单独向生产队举报。

那个时代的人都忠诚，有三个人在场卖鱼，可信度是非常高的，谁都怕与资本主义扯上关系。每个月到了月末的时候，三个人会划着渔船回到村里，向生产队的队长、会计、出纳报账，要做到鱼的数量和钱、账分毫不差，然后才能给记工分。唯一的好处就是打没打到鱼、打了多少鱼，生产队里都会记工分，只要你出了工，撒了网，没有人说你偷懒就行。

还有一笔账同时也是要报的，那就是自家人在一个月里吃了多少自己打的鱼，也要过秤称，四角钱一斤，记账员要记账，现金要交给管钱的人，要做到明明白白、清清楚楚，不能随便抓几条鱼往锅里扔，尽管是自己打的鱼，但是也得掏钱买。鱼游在水里归长江管辖，捕到了岸上就归国家所有，这是规定。公私要分明，社会主义和资本主义要彻底划清界限。

后来，生产队队长发现了一个问题，有的渔民出工不出力，三天打鱼，两天晒网，虽然渔船在长江里行驶，渔民却没有捕鱼的积极性。为了解决这个问题，生产队队长又出了新招：

鱼的重量和工分直接挂钩，即2.5斤鱼记10工分；如果打了10斤鱼，就记40工分。工分又直接和分配的口粮挂钩，打到的鱼越多，分得的粮食也越多。谁不想一家人挨饿，谁就得拼命地打鱼。这一招还真管用，出工不出力、晒网不打鱼的懒惰现象没有了。

在讲述白水港渔民的历史遭遇之后，老支书刘泽奎话锋一转，高兴地讲述了另一个故事,把白水港渔民的聪明和智慧给抖了出来。

在长期的捕鱼过程中,白水港渔民感受到了巨大的生存压力,那就是他们赖以生存的母亲河——长江,已经越来越捕不到鱼了。不说一千多斤重的中华鲟见不到了,就连普通的大鱼都见得少了,撒一网下去,空网拉上来是常有的事,有时只有一些小鱼苗。

渔民们聚在一起聊天时常常感叹,这个祖辈传下来的打鱼职业快要干不下去了,饭碗都不能在自己手里端着了。长此以往,渔民们将无法在白水港生存立足,得像先祖那样,考虑往别的地方迁徙。

迁徙?往哪里迁徙?先祖们选择了白水港这个沿江而筑的村庄,这个独一无二的风水宝地,谁舍得弃而远去?又能到哪里去寻找一个适宜居住的世外桃源?

白水港的渔民们陷入了两难。

后来,也不知道是谁想出的点子,猛然使白水港的渔民们开了窍,似乎找到了一条新的出路。

渔民们在村外一个小湖泊里,用网片隔出了一个个大型网箱,将在长江里捕捞上来的小鱼苗,放在船舱的活水里好好保养着,然后送回村里,全部倒入网箱里进行密集养殖。养了一两年后,鱼苗成了可以上市的大鱼,渔民们才拿到市场上去卖,能卖到很高的价钱,比卖小鱼苗多赚了几十上百倍的钱。

小鱼苗有个好听的名字——江花。

叫江花的小鱼苗出生在长江里,从细如头发丝到针尖大,从针尖大到手指粗,再到柳叶长,是它们的生长周期,只有两三个月。江花们是幸运的,可以在江水里自由地畅游、玩耍。可是,它们又是不幸的:误入了渔民们投放的三层刺网,在渔网里失去了自由。

最后,这些被捕捞的江花没有当作小杂鱼卖掉,而是被渔民们投放到了网箱里养殖,一两年后长成了几斤重的大鱼,解决了渔民捕不到鱼的困难。

从撒网捕鱼到拦网养鱼,是白水港渔民的一大进步。

从长江禁渔到渔民弃船上岸、保护长江水生资源,是白水港渔民的善举。

刘泽奎最后总结说:“我们白水港渔民在国家的号召面前,从来都积极响应。长江十年禁捕不算什么,就是再过十年、二十年,白水港也没有人捕鱼了,因为渔船全部没有了,渔网和渔钩全部没有了。我们的后代都去了城市,谁也不会回来打鱼。说句实话,就算有年轻人想回来打鱼,他们也不会划船、放网,我们才是长江的最后一代渔民!”

第二十一章

渔民被困虎渡河

有一天上午，白水港村委会会议室里，进来了两对渔民夫妻，一对是刘泽康和他的妻子尤开秀，另一对是郑万芹和她的丈夫刘臣定。两对夫妻都有着共同的特点：丈夫沉默寡言，妻子快人快语，可见平时在家里也是如此。强势能干的妻子背后，都有一个不善言辞的丈夫，这叫刚柔互补、谦让有度。

其实，尤开秀的丈夫刘泽康是二十世纪七十年代白水港渔村培养出来的高中毕业生，在村里是凤毛麟角的人物。在后来的几十年里，刘泽康毫不张扬自己的个性，默默无闻地做一个普通的渔民，荡桨、撒网，安静得像是妻子的小伙计。需要出面办什么事，都由聪明能干、快人快语的妻子去完成，他则没有半点儿脾气，静静地看着妻子忙活着。

刘泽康穿着黑色的运动背心，身体很黑很瘦。但看得出来，他手臂上的肌肉特别结实，坐在那里就有一种刚健的气场表现出来。只有长期劳作的人和长期进行体育锻炼的人，才会有那种不同于常人的精瘦而结实的躯体。

刘泽康于 1956 年出生，1974 年于宜都县第二中学高中毕业。在中学读书时，他是学校的体育尖子，特能跑马拉松比赛。学校开运动会，八公里竞赛，他获得高中组第一名，同学们都叫他“草上飞”。

父母生了刘泽康等六个儿女，都顺顺利利地长大成人了。在那个年代，渔民人家生五六个儿女的有很多，但因为医疗条件差，孩子的成活率却不是很高。刘泽康家六个兄弟姐妹都能健康地长大成人，也算是白水港的恩赐。

刘泽康在兄弟姐妹中排行老三，上面两个哥姐没有读过书。到了上学的年纪，父母却让老三刘泽康去学校读了书，而且是从小学一直读到了高中毕业。要是恢复高考的时间提早三年，说不定刘泽康还能读大学呢。1974年高中毕业后，他在长江上打了三年鱼，对1977年国家恢复高考没有兴趣，所以就没有去报名考试。当然，他也知道，自己打了三年鱼，肯定是考不上大学的，还不如安安心心地打鱼呢。

刘泽康读书后，下面的三个弟弟妹妹也跟着他进了学校读书，都读到了初中毕业。可以说，刘泽康入学，带动了三个弟弟妹妹一起读书，让父母亲看到了孩子读书识字的好处，也给整个家庭打开了知识的大门，而不是和父母一样做一辈子的文盲。

十八岁的刘泽康，刚刚走出校门，把书包和课本往家里一放，就跟着父亲上了渔船，在父亲手把手的指导下，认真地学习捕鱼技术。他并没有认为自己是一个高中毕业生，是白水港同龄人中读书最多的人，而是争取学到真正的捕鱼技术，成为同龄人中最会捕鱼的人。他学到的文化知识可以在捕鱼中发挥作用，了解鱼的习性，改进捕鱼工具的结构和性能，都需要文化知识做保证。

父亲并没有抱怨儿子没出息，读了书还是个打鱼佬，没有觉得寒窗苦读十年，换来的仍然是走父辈的老路。对于别人异样的眼光，他一点也不在乎，一心一意地带着儿子在长江上捞取每一网鲜鱼。他甚至想和儿子一起，从江里捕一条千斤重的中华鲟，让父子俩都长长脸。

刘泽康和父亲都看见过村里人捕获巨型中华鲟的全过程，所以也想捕一条中华鲟,像个打了大胜仗的英雄一样,让大家赞不绝口。

有一天,村里的刘泽亮和刘泽顺两个人,用划钩挂到了一个沉重的东西,怎么拉都拉不起来。他们以为挂到了江里的一根大木头,就想把网拉起来再扔回江里。江里有很多的大木头,沉在水底千百年了,有的成为乌木,有的成为朽木。有时候,木头会从江底下突然浮起来,随着江水流动像鱼一样漂流,不但危害过往的船只,也会被渔民的大划钩挂住,让渔民们空喜欢一场——还以为大鱼上钩了呢。

刘泽亮和刘泽顺放的是一百多米长的大划钩,每一只钩都磨得锋利无比,是专门对付十斤以上的大鱼的。那划钩虽然锋利,成一列纵队分布在水下二三米深的地方,但却很难被游动的鱼儿发现。它们从划钩间穿过时,就会被划钩挂住。

刚开始,大鱼可能被一只钩子挂住,但当钩子从鳞片间刺进身体里,让它感到疼痛而扭动身子时,同一根网绳上的划钩也被拉了过来,一只接一只地将它团团包围,全部扎进它的身体里,使它动弹不得。

刘泽亮、刘泽顺两个年轻人各驾驶着渔船,从划钩的两头同时往上拉,以往一百多米长的划钩拉起来很容易,可那天却拉得格外艰难,好像不是他们两个人能拉得上船的。而且拉着拉着,两条渔船的船头碰到了一起,跟着挂住的大鱼在江上游了十多里远。

被钩挂住的鱼力量大得惊人,拉着两条渔船跑得飞快,搞得刘泽亮和刘泽顺只能用桨掌控着船,保证渔船不被大鱼拖翻就行。按照水里的巨大动静分析,他们两人都知道,渔钩很可能挂住了一条很大的鱼。鱼到底有多大,他们不知道,应该超出了他们的想象。

于是,他俩赶紧用紧急求助信号,喊来了在远处一同捕鱼的同村渔民,让他们马上赶过来帮忙。

同在长江上捕鱼的白水港渔民，像战争年代的烽火传信一样，一个接一个地往远处传，很快附近打鱼的人都收到了求助信号。容不得多想，大家都紧急往刘泽亮的渔船处靠拢。世世代代在长江上捕鱼的村里人，把“义”字写在了脑门上，刻在了心里头。见同村人发出了紧急求助信号，他们会把自己家的网都扔下不管。

很多渔船围拢了过来，乡亲们都知道刘泽亮兄弟俩挂到大鱼了，急需众人出力。这种事情大家有经验，也不是一次两次碰上这样的好事。每次捕获五六百斤、七八百斤的鱼，都需要大家一起合作才能完成。

这次也是一样，不用商量研究，有人马上拿出自己船上的大划钩，两条渔船一组，各退几十米，拉住大划钩往大鱼身边靠，让大鱼多“吃”一些划钩，结结实实地“捆”住它，怕它挣脱划钩跑掉了。

这条鱼确实有点儿大，可能不是他们平时捕的几百斤重的大鱼，几百斤的大鱼远没有这条鱼的犟劲大呀！

见许多划钩挂住了水里的大鱼，大家一致决定把鱼往岸边拉，只要大鱼到了岸边，再合力往岸上拉，就算它再大，也没有在水里翻江倒海那样威风，只能乖乖地成为渔民们的俘虏。

这确实是一场轰轰烈烈的人鱼角斗表演，二十多条渔船上的渔民，在欢快的喊叫声和欢笑声中，终于把一条巨无霸——中华鲟拉到了岸边。马上又有人拿出渔网，从两头将中华鲟网住，大家一齐用力往岸上拉，让它远离江水，无法在水里呼吸。最终，累得失去了反抗能力的中华鲟，仰面朝天地躺在岸边被压倒的野草上。

兴奋的渔民们抹着脑门上的汗水，开始欣赏这头巨大的中华鲟，并小心地取下它满身的大划钩——担心钩子伤到人。

中华鲟无奈地张大着嘴巴，开合着两边的腮叶，呼吸着不属于它的空气，做着无用的挣扎。它多么希望渔民们把它放回长江，让它游回大海啊！它本来就是大海里的主人，只不过游到长江里来产卵，繁衍后代，没想到却被渔钩挂住了，命丧美丽的长江。

渔民们用围网合力将中华鲟捆结实了，才用许多杠子，“嗬嗨嗬嗨”地抬回白水港，放在一个大晒场上，底下垫了一层稻草。

身长四五米的中华鲟（也叫大鲟鱼），像一头大水牛一样侧躺在地上，粗壮的乳白色身体能坐几个人。它宽大的尾巴像两扇门板，偶尔还扇动两下，证明它还活着，接受着白水港全村老少的观摩和检阅。

很多外村的人，听说白水港渔民又捕到了一条大鲟鱼，都好奇地跑来观看。居住在长江边的人，总能看到从长江里捞出来的稀奇生物，很多生物让人看了吃惊。白水港渔民天生就有捕获大鲟鱼的本事，年年都会给人带来惊喜。

据被采访的白水港渔民证实：这条大鲟鱼的肢体被分解后，七百多斤鲜肉上交给了国家，三百多斤内脏和卵子分给了全村的渔民人家食用。最后根据两项数字统计，这条大鲟鱼的体重是一千多斤，是长江渔民历史以来捕获到的最大的中华鲟，也是白水港渔民见过的最大的中华鲟。以后的几十年里，尽管白水港渔民年年都会捕到中华鲟，但都是几百斤重的。

据白水港的渔民们回忆，中华鲟生长到八九斤重时，就会从长江游到东海里生活，经过多年的成长，达到性成熟后，又返回长江，逆水而上，游到金沙江去产卵繁殖后代。这时候的中华鲟有几百斤的体重，是长江里的巨无霸。

每年 10 月是中华鲟产卵的季节，一群一群的中华鲟从大海游进长江，经过千里跋涉，赶到金沙江的激流险滩江段产卵。这个时候，长江上的渔民们就会布下滚钩阵，在江中等待中华鲟。

所以，白水港的渔民把金秋十月当作大丰收的季节，只要捕获到一条或者几条数百斤重的中华鲟，当月就能圆满完成上交给国家的鲜鱼收购任务。自己不但能吃上鲟鱼肉，还在村里特别有脸面。当时，如果一个长江渔民一年都捕不到一条大鲟鱼，那是很没面子的事。

二十世纪七十年代，白水港渔民年年都能用滚钩捕到中华鲟，他们去除中华鲟的头和内脏，把身子全部上交到县委招待所抵产量任务。

有很多吃过鲟鱼肉的人说，中华鲟的肉气味很腥，吃过之后久久忘不了那种腥味。白水港的渔民们也证实，中华鲟的确很腥，把它从江里拉上船时，老远就能闻到强烈的腥味。把它们放回江里后，船上、网上和钩上都会留下腥味，许多天都消散不了。

有人带着讽刺的口气说，二十世纪七十年代，白水港的渔业捕捞在县里很有名气，不只是渔民吃得苦，打的鱼多，还能打到稀罕的中华鲟。这从侧面反映了白水港渔民捕获中华鲟的技术高超。

在采访的时候，刘泽奎和刘成勇等老渔民讲了一个令人感动的故事，说的是二十世纪六十年代中期，白水港渔民陈学华、刘泽洪、刘先勤等人，在长江支流虎渡河水域的江陵县弥市镇里甲口段打鱼时，被当地的人抓走，遭到残酷的殴打。直到白水港所有渔民前往当地交涉，被打伤的渔民才好不容易被放了出来。

此时正是寒冬腊月，一场暴风雪将虎渡河给冻住了——结了厚厚的坚冰。正在虎渡河打鱼的渔船，船底都被冰冻得牢牢的。大家拿着竹篙砸冰，仍然无法给渔船开路。

这样的恶劣天气，让所有渔民都始料未及，他们几十年都没有遇到过这样的困境。正是临近年关的时候，家里的亲人还盼着他们回家过年呢。更让人惶恐不安的是，被坚冰困在他乡的渔民们，吃的粮食已经没有了，饥饿像天上的乌云一样笼罩在所有人的头上。往日还有说有笑的人们,只能拥着棉被龟缩在船舱里挨过漫漫长夜,寒冷刺骨的湖风钻进船里,那日子真是难挨!

渔民们只好派出几个青年,让他们步行几十里路,走到乡镇的邮电所,给大队书记打一个长途电话求援,说他们都被封在了虎渡河,哪儿也去不了;最要命的是,所有渔船都断粮了,再这样下去会被饿死。

电话是刘泽保书记亲自接的。接完电话,他一刻也不敢耽误。他在袋子里装了几只煮熟了的红薯,作为路上吃的干粮,身上带着全国粮票,一个人急匆匆地出了门。漫天的风雪,在北风的劲吹下,纷纷扬扬地满天飞舞,把天和地都遮住了。

刘泽保可不管这些,从枝城经过松滋新江口,一路跌跌撞撞,饿了就啃几口冻得石头一样硬的红薯,渴了就捧起洁白的雪含在嘴里化成水吞下肚;晚上实在走不动了,就找一户人家借住一晚,第二天天蒙蒙亮又出发。吃尽了千般苦头的他,硬是用两天两夜将粮票亲自送到了渔民们的手中。

见到刘泽保书记突然出现在冰天雪地的虎渡河上,踩着冰面"嘎吱嘎吱"地走到大家面前,所有渔民都惊得张大了嘴巴,尽管打了电话回家求救,但谁也没想到会是刘泽保书记一个人赶来。一百多里雪路,他是怎么走过来的?他吃了多大的苦、冒了多大的风险啊!

大家流着兴奋、感动的泪水,将刘书记拥进渔船的休息舱里,用棉被捂暖他冰冷的身体。刘泽保脱下棉布鞋,发现两只脚都走出了许多血泡,用缝衣针轻轻一挑,血泡就破了,血水都流了出来。

渔民们拿着刘书记送来的全国粮票,赶紧到就近的公社粮管所买来大米,解决了大家的燃眉之急。饥肠辘辘的渔民们,吃着热乎乎的米饭,连连感谢刘书记。要不是刘书记雪中送粮,大家真不知道会饿成什么样子,恐怕到过年都走不了呢。

吃饱了饭的乡亲们,浑身有了力量。他们在刘泽保书记的带领下,准备破冰,离开虎渡河。刘泽保挑选了一些年轻力壮的渔民参加砸冰,年老年少的伙计能荡桨的荡桨,能拉纤的拉纤,保证渔船能从破了冰的河道里快速撤出。于是,一场破冰的战斗开始了。

渔民们团结一致,用大铁钩奋力砸着厚厚的坚冰,在北风呼啸的河道上,发出"呼呼咣咣"的声响,他们给封冻的渔船开辟出一条新的航路。所有的渔船被人用纤绳拉着,顺着砸出的航路鱼贯而行,艰难地走出了虎渡河,进入了长江太平口,驶进了白水港渔船码头,终于在腊月二十六这天,平安顺利地回到了家乡白水港村。

渔民们在异地他乡打鱼,哪有什么生存保障呢?打鱼佬的命运全掌握在老天爷的手上,是刘泽保这样的共产党好干部,关心着渔民的危难,能够在渔民们最需要的时候挺身而出。

虽然刘泽保书记已经去世多年,但渔民们在讲述这个故事时,还是口口声声地念着刘泽保书记的好。他们说,在那样恶劣的天气,一般人都不敢在冰天雪地里走,可是刘书记一个人走了一百多里路给渔民们送粮票。他不怕什么危险,他心里装着的只有乡亲。

第二十二章

没公开的历史秘密

初七开头初八归，初九开头放空回。

这是白水港渔民在长期的捕鱼生活中总结出来的一句谚语。我听了却没弄懂是什么意思，于是向多个渔民询问。渔民们笑笑说："这是一个秘密，只有白水港打鱼的人知道其中的意思。不过，现在长江禁捕了，我们白水港也没有人打鱼了，把这个秘密说给你听也无所谓，就算是写到书里让别人都知道也不要紧。"

这句谚语背后深藏的秘密就这样被解开了。原来，这是白水港渔民开船打鱼的秘诀。一般人都会按照这个秘诀出航和归来，如有违抗，就会遭遇意料不到的损失和祸患。

所谓的"初七开头初八归，初九开头放空回"，是指每个月的初七不能开船到长江打鱼，初八不能回家来；初九开船打鱼，什么鱼都捕不到，只能空手回来。

这是老一辈的捕鱼人总结的捕鱼经验，意思是每个月的农历初七、初八、初九这三天很重要，有很多禁忌，是不能随意出去打鱼和回家的。除开这三天，其他日子都可以自由支配，没有刻意要遵守的规矩。

有一次,尤开秀的儿子忘记了这个禁忌,冒犯了长江诸神,结果出了大事:渔船翻了,他差点儿就没能回来。

那是1996年的夏天,农历七月初七,中国人的情人节。这一天晚上,牛郎和织女是要在天上的鹊桥相会的,银河那么宽,天空那么安静,是不能有人打搅这个美好时刻的。可偏偏就在这一天的早上,在白水港渔民视为不能开船捕鱼的日子,却有一条渔船悄悄地驶出了白水港渔船码头,到长江里捕鱼去了。

渔船上的双桨荡出"哗——哗——"的声响,没有人问他去哪儿,也没有人劝他不要出船打鱼,他就像平时一样驾船出了港,船舱里放着许多副三层刺网,准备去长江捕鱼。

这是谁家的渔船啊?怎么违反古训初七去捕鱼呢?原来是刘泽康和尤开秀夫妻的儿子,才十一岁,是个天不怕地不怕的小愣头青。他听人说,洪湖刚刚暴发了大洪水,圩堤决口了。圩内无数的四大家鱼跑进了长江,一下子在长江里横冲直撞,像从没见过世面的人群涌进了大都市,东瞅瞅、西看看,觉得满世界都是新奇的。

他觉得这是一个秘密,应该趁着这个机会去捕鱼,一定可以捕到很多的鱼。所以他连父母都没有打招呼,就独自出船了,幻想着打了满船的鱼回来。

这愣头青性子急,就想比别人先行一步,第一个冲进长江,捕几网大鱼多卖一些钱。初生牛犊不怕虎,他走得急匆匆的,驾驶着渔船跑得很快。到了长江上,他把船稳住,便把网都放进了江里,静等着大群的鱼儿钻进他的网里来。

"哈哈!哈哈!"当愣头青开始收网的时候,他明显感觉到了网里激烈的跳动,与以往收网有着不一样的重量。他慢慢地起着网,只见一条接一条的大鱼出现在网上,拼命地扭动着身子想挣脱跑掉,但最后都被愣头青捉进了船舱，成了他的渔获，这让他笑得合不拢嘴。

洪湖，常年水面350平方公里，湖面高程25米，东西两侧与长江相通，是鱼类繁殖的良好场所，是中国第七大淡水湖、湖北省第一大湖，也是中国生态环境保存最好的淡水湖泊，有“湖北之肾”的美称，国外专家称之为“世界濒危物种的主要栖息地”。这么大的湖泊，到底养殖了多少万尾鱼？没有人能说得清楚。

把所有渔网收上来后，愣头青驾驶的渔船就收获了几百斤四大家鱼，有青鱼、草鱼、鲢鱼和鳙鱼，这是平时在长江里捕获不多的鱼，明显是洪湖破堤之后跑出来的养殖鱼种。它们以为出了洪湖，就能在宽阔的长江自由嬉戏，没想到刚到长江戏耍就钻进了渔民布下的三层刺网。

愣头青正在为捕到太多的鱼而沾沾自喜的时候，渔船却像有什么东西在下面顶了几下，左右摇晃个不停，然后莫名其妙地翻掉了。小小的渔船，就像一只葫芦瓢那样，彻底翻了个底朝天。不但满舱的鱼都跑掉了，就连愣头青也被扣在了船底下，黄澄澄的江水淹没了他。

慌乱中，他在水底下四处乱抓乱摸，好不容易抓到了一支竹篙，用它作为撑竿，赶紧从倒扣的船里钻了出来，惊魂未定地爬到船肚子上，连动都不敢动一下。

休息了很长的时间之后，愣头青这才想到弃船上岸，好在他会游泳，游到岸边一点儿问题都没有。他轻轻地下了船，“扑通”一声扎进水里，奋力向着岸边游去，好不容易才游到了岸上，等回过头看时，他的船已经随着江水流向了很远的地方。

他一屁股坐在泥地上，伤心地号啕大哭，抓起一坨泥巴狠狠地扔进江里，以解他心里的怨恨。他没有庆幸自己活了下来，反倒心疼家里的一条船没了，不知道回家如何向父母亲交代呢！

尤开秀讲完了儿子的故事，六十四岁的她脸上露出了笑容，说儿子回家后，他们都没有责怪他把船弄丢了，而是夸儿子勇敢地游上了岸，捡了一条命回来。人比船值钱，船没了还可以请鲁东海师傅再打，人要是没了就没办法再起死回生了。白水港历史上有那么多的人在翻船事故中失去了宝贵的生命，而自己十一岁的儿子却奇迹般地回来了，大难不死，必有后福，这难道不是值得高兴的事吗？

老人一头雪白的头发，脸上有两个酒窝，精神爽朗，很爱笑。看得出来，她年轻的时候一定很漂亮，1980 年从全新畈村嫁到白水港渔村来，婚后就开始上船打鱼，打了一辈子的鱼。如今，长江禁捕，她不能打鱼了，正好在家做做家务，日子过得还算满意，一儿一女是她最大的骄傲。

和尤开秀一样，1955 年出生的郑万芹也快人快语。她从枝江县嫁到隔江相望的白水港渔村来，也是带着美好的憧憬来的。媒人说白水港渔村很富裕，有运输船队、蔬菜队、副业队，赚钱的门路多，富得流油。

可她嫁过来一看，才发现渔民可怜得要死，比种棉花过日子的娘家差多了，但生米煮成了熟饭，没办法选择，只好嫁鸡随鸡嫁狗随狗，嫁给渔民满长江走。她和丈夫在长江打了一辈子鱼，很少回娘家。

郑万芹感慨地说："渔民的标签都写在脸上，脸黑手黑，社会上的人都叫我们黑人，走到哪里，人家都认得出来。我每次回娘家，走在路上，人家都知道我是打鱼的。"

"九十年代以后，我们渔民根本没有人管，只有一拨拨穿制服的人来找我们要钱，我们一个都不敢得罪。其实，我们渔民生存很困难，真是叫天天不应。"

郑万芹的丈夫刘臣定，见老婆说些不着边际的话，就拉了拉她的衣服，示意她不要乱说话。

我马上对刘臣定说："没关系，让你妻子随便说，都是过去的事，但说无妨，现在不是都好了吗？"

郑万芹接过我的话说："是哩，现在有什么不敢说的。我们渔民太难了，只想多打鱼多挣点儿钱。说句不好听的话，长江里的鱼越来越少，我们就巴不得长江两岸破了堤坝，大湖大水库里的鱼都跑到长江里来，只有那样我们才有鱼捕，要不然我们哪里捕得到鱼呢？"

这真是一个秘密，怪不得白水港渔民不敢对外说。国家和人民都怕长江两岸的圩堤被洪水冲毁，给老百姓带来巨大的灾难，但同样要过日子的白水港渔民，却巴不得长江沿岸圩堤决口，大量的鱼随着洪水涌入长江。只有这样，渔民们才有鱼捕，才能过上好日子。

"我当了渔民才知道，渔民比谁都苦，苦得好比黄连树上挂猪胆，说出来都怕人家笑话。就说渔船上烧火煮饭的柴吧，那是非常紧缺的东西。一是缺粮食，二是缺柴火，三是缺钱，渔民们每天都为这些事发愁。我们没钱买煤烧炉子，连棍子柴也没钱买，烧火煮饭真是愁死人。为了找柴烧，我们只好溜上岸，到山里的树上去钩枯树枝，那些树都是有山林权的，是私人的树。我们钩别人的枯树枝，还怕别人看见了说我们是贼。等钩到了枯树枝，也不管有没有虫子和蚂蚁，统统搬上船当作宝贝看待。躲在枯树枝里的虫子和蚂蚁，都爬到我们的棉被里咬我们，渔船成了它们的家。"

"除了缺柴烧，我们最缺一样东西，那就是吃的粮食。渔民人家都没有足够的饭吃，粮站供应的粮食根本养不活一家人，怎么办？渔船上的妇女只能去想办法弄粮食，弄到多少算多少。我们的渔船不管停在哪里，只要靠了岸，我们这些渔家妇女就会邀伴上岸，背着布袋，跑到老百姓的庄稼地里去捡东西，五月捡收割后散落的麦子，秋天捡花生豆子，然后捡人家挖过的残破红薯，反正见什么捡什么，只要是能吃的就行。即便这样，我们还是被别人赶得到处跑，他们把我们当贼一样看待，真的是太可怜了！”

“但有一点，我们只捡人家丢弃在地里不要的东西，绝对不会偷人家地里的庄稼。我们就是饿死也不做贼，就连人家地里的白菜、萝卜都不会偷一棵。做人就是要有骨气，经得起人家翻开篮子、袋子仔细检查。要不然，我们早被人家打死了……”

老人说着说着，眼眶里潮红的，似乎有眼泪在闪动。

“有一件事，也不知道能不能说，本来不是我们打鱼人做的，却偏偏要我们渔民去做。起初，我们吓得要死，可后来做的次数多了，就不觉得害怕了，反倒觉得是在做善事，也是很挣钱的事，那就是在长江里捞尸体。”

长江里，每年都有人不幸遇难，有翻船沉江的，有失足落水的，有游泳溺亡的，有被洪水冲跑的，也有绝望跳江轻生的。总之，死亡的人各种各样，最后都会浮出水面，随着江水向下游漂去。每每出现江难事故，死者的家属就会找到当地渔民帮忙捞尸，长江管理部门也会请求渔民帮忙捞起无主尸体。捞起的无主尸体，经公安部门验尸后，由渔民在长江边的空地上，挖一个土坑就地掩埋，尽人道主义义务。

这样的差事，胆小的人不敢干，即使干了也会在很多个晚上做噩梦。只有胆大的敢直面死亡的渔民才敢干，他们会用网和排钩将尸体捞起，搬到岸边，帮死者整理好衣裤、盖上遮脸布、维护好死者的人格尊严之后，才把死者移交给对方。这个时候，死者家属会相应地支付一笔打捞费给渔民，感谢渔民们做了一件功德无量的善事。

白水港的渔民经常会被人请到出事地点打捞尸体，于是就有了郑万芹说的在长江捞尸的故事。

在采访中，其实有多个渔民谈到了在长江打鱼的过程中多次打捞不幸者遗体的事。他们把这种事当成是做善事，把尸体从江中打捞起来，交给死者家属,死者家属一般都会付打捞费表示感谢。二十年前,家庭生活比较困难的死者家属,给的打捞费只有几十元,大方的人家会给几百元,最多的给过八百元,那算是最多的一次。

白水港的渔民心地比较善良,从来不讲价钱。他们打捞尸体之前,死者家属问,要多少打捞费?渔民们回答,打捞起来了随便给。尸体打捞上来后,渔民们帮死者整理了遗容之后,并不向死者家属讲价钱,人家给了多少钱就得多少钱。他们认为,人家本来就遇到了劫难,向死者家属讨要钱财,那不是白水港渔民的善良品德!

这几年,在长江打捞一具尸体的价格涨到了八千元,并不是白水港的渔民要涨价钱,而是整个长江流域都是这个行情。死者家属会按照这个价格请人打捞,双方都不必讨论打捞费的多少。渔民们说,他们每次打捞的尸体,都是在江水里浸泡了很多天,尸体都肿胀得很大,有的骨头和皮肉都脱离了,非常吓人。一般的人,即使给几万,也不敢去打捞。

白水港的渔民都在长江里打捞过尸体,并不害怕。有时候,他们连续在江里打捞两三天,像大海捞针一样艰难,也非常疲惫,耽误的工夫是不能用金钱计算的。尸体打捞上来后,渔民们会用白布把肿胀的尸体包裹好,让死者家属运回去安葬,场面庄严而肃穆。

一辈子在长江捕鱼的白水港渔民,决不会做出有悖于良心和道德的事情。他们每一个人,无论老少,行走在长江上,无不对长江有着深深的敬畏之心!他们深知,长江就是他们的衣食父母,得罪长江就会受到良心的谴责,敬畏长江就有享不尽的福分。所以,他们从来不在长江上做出格的事情,本本分分地恪守着做人的底线。

郑万芹说完这些话,坐在一旁的李春莲马上接过话头说:“白水港的渔民,世世代代都在长江上打鱼,上至四川,下至湖南,上下几百公里,一家人驾着渔船在水上东奔西跑，生活没有一个定准，危险也无处不在，翻船落水的事谁都经历过。所以，我们帮别人也是在帮自己，帮别人解难也是给自己解难，做善事也是在帮一家人积福积德。”

李春莲说的这些话，让我肃然起敬。一个地地道道的渔家妇女，对人生的感悟那么透彻，也许是几十年的长江捕鱼生活让她变得通透吧。

李春莲从自己死里逃生的遭遇，慢慢悟出来了一些人生哲理。

李春莲从小就跟着父母打鱼谋生。有一次，她走在泥泞的路上，送饭去给父亲吃，不小心“哧溜”一下滑到了路边的河里。八九岁的她，不会泅水，在水里挣扎了几下就沉到了水底，眼看就要淹死了。正在她拼命挣扎的时候，有一个人从河边经过，看到了这一幕，就高喊着：“有人落水了，要淹死人了！”

这个叫喊的人不会泅水，只能在岸上干着急，一边跳脚一边喊救命，把喉咙都差不多喊破了。不远处有一条渔船正在打鱼，听见有人喊救命，撒网的男子马上扔掉渔网，跳进水里飞快地游了过来。在岸上人的指示下，他钻进水里四处摸索，摸了一会儿，真把人摸到了，一看，竟是自己的宝贝女儿春莲。

李春莲已经在河里灌饱了水，肚皮都涨得光光的，人已经死过去了。父亲慌乱之中将她的肚子往自己的大腿上一搁，拿巴掌在她背上不停地拍打着，拍了几下后，只见李春莲“哇——哇——”不停地往外吐水。吐了一阵之后，她活了过来。

李春莲从那个时候开始，就一直记着人家的救命之恩，如果不是那个人拼命地喊救命，正在打鱼的父亲不可能知道她掉进了河里，更不可能跑过来救她。她是那个过路的好心人救的，她这一辈子心里总记着。所以，从那以后，她就悟到了救人就是救自己、帮人就是帮自己的道理，她一辈子都不敢违背自己的良心去干坏事。

第二十三章

一个女性的成长历程

在开往白水港渔村的车上，同车的几位武汉、宜昌的朋友就告诉我："白水港村的党总支书记、村委会主任是一位女同志，四五十岁的年纪，能说能干，很有魄力。你去好好采访她，准有很多好故事。"

从那一刻起，我就在脑海里不断勾勒那个女支书的样子：一个男人婆，走在路上风风火火，说起话来粗声大嗓，干起活来雷厉风行，骂起人来不留情面，在家里对丈夫吆五喝六，喝起酒来能把男人醉倒……

在几十年中，这样强势的女干部，我见过很多，所以脑子里一直晃动着一组特写镜头：一个叉着双手、形象出众、五大三粗的女干部，在人堆里显得特别抢眼，可以用鹤立鸡群来形容。因为，作为一个行政村的党支书、村主任，没有具备这些条件，是很难领导一群乡亲的。特别是禁止所有渔民捕鱼这么难做的工作，没有男人的魄力恐怕是行不通的。

到了白水港村之后，这位女书记的形象彻底颠覆了我的认知。她将我们迎进渔民驿站的展示馆，向我们讲解白水港的历史和现状，我听到了她的自我介绍：

"我叫李春梅，是白水港村的党总支书和村主任，欢迎大家来到白水港渔民驿站指导工作!”

这就是白水港村的支书兼村主任吗？我一下子没转过弯来,面前的李春梅书记儒雅、温柔,和我脑子里固有的高大冷峻的女干部形象完全不一样。

站在我们面前的李春梅书记,并不是五大三粗的,而是身材苗条纤细,说话温婉优雅,举手投足都显示出女性的柔美气质。从外表看,她就是一位普通的现代女性,并没有什么特别突出的地方。就是这位看似柔弱的女子,领导着白水港两千多渔民和农民,并且让过去穷得叮当响的江岸村,如今变成了一个美丽的乡村花园。这确实是一个传奇。

李春梅注重的是内心的强大,外表上并没有什么与众不同。她梳着乡村青年女人常见的头发,既没有烫卷,也没有染色。一个夹头发的塑料夹子随便将头发夹在脑后,形成一个丫髻,露出没有刘海遮挡的脑门。两条弯弯的细眉淡淡的,增加了几分端庄的美。她说话的时候,两条细眉中间出现一个“八”字,岁月在略显年轻的脸上悄悄刻上了两刀,不深,但也不浅,看得比较清楚。

她的穿着更是随意,上身是粉红色的短袖衬衫,色彩很淡,款式比较老旧,衬衫上横竖都是排列组合的黑色“X”符号;下身穿的长裤是乳白色的,和脚上的黑凉鞋对比鲜明。看得出来,她全身上下只有一样东西比较显眼,那就是她戴在左手腕上的淡蓝色玉镯子。对玉石稍有了解的我,一看就知道那种玉很普通,价格不高,是大多家庭主妇都戴得起的饰品。

在李春梅向大家讲解白水港渔村的历史和现状时,我一直在观察她说话时的表情和语速。应该说,她对白水港的渔业文化和演变历史都熟记于心,讲解的时候连某年某月某日都讲了出来,和墙上挂着的展板文字一字不差。她语速较快,普通话比较标准,大家都能听得懂。当她讲到和村里的姐妹们一同参加文艺晚会，展示白水港渔村丰富的文化生活时，我看到她的两片柳叶眉高高地扬起来，表现出乡村女子的骄傲和自豪神情。

我就像刚拿到一部新书一样，对李春梅书记和她领导下的白水港渔村开始了逐章逐页地“阅读”。

一同来参观白水港渔民驿站的朋友回程后，只留下我一个人在白水港住下来采访。下午在村委会的办公大厅里，出现了一个小小的戏剧场面。李春梅书记和刘义主任、郑振震委员在商量给我安排住处。其实，白水港村不远的枝城镇就有宾馆和旅社，他们为什么要商量我住哪里呢？我当时不便问，过后在和李春梅书记交谈时才知道，她是想为村里节约一点儿费用，但又不想我住的条件太差，所以他们把这件事当作一个议题进行讨论。

最后我被安排住在一户村民家里，刚刚装修过的房子什么都是崭新的，条件不错，而且还不要交住宿费。最重要的一点是，住的地方离村委办公楼仅有几十步的距离，我每天采访都不要走很远的路，能够和村民们近距离地接触和交谈。一个女书记想得如此细致周到，给了我第一个好印象。

我原本想最先采访李春梅书记，听她详细介绍白水港渔村和她自己的情况，可她总是以太忙为由拒绝我，却每天安排几个老渔民和我进行交谈，说让我先了解白水港的历史，再了解白水港的现在，这样就有一个对比。

直到许多天后，我在村里采访得差不多了，李春梅书记才爽快地答应接受我的采访，并且请我到她家里吃晚饭，请刘义主任作陪，到时边吃边聊，也顺便看看她家的情况。

李春梅书记的家，也在白水港村的主干道边上，一条去年“白改黑”的柏油马路从她家门前经过。秋天的太阳晒了一天，空气中还散发着柏油的气味和花草的混合香气。她家门前的场地上种了很多的盆栽花卉，有的绿叶婆娑，有的花朵满树。就连隔壁人家巨大的橘子树，也将许多枝条伸过围墙外的小路，延伸到李春梅家的晒场上。那枝条上结满了拳头大小的橘子，有的橘子开始变黄，因为快到采摘橘子的季节了；有的还像绿玛瑙一样吊在枝条上，让人看一眼都觉得酸到了牙根。

我挑选了一个开始由绿转黄的橘子摘下，拿在手里把玩着，想剥掉橘皮尝一下，但碍于面子并没有剥，原因是我摘这个橘子，既没有征得李春梅的同意，也没有征得隔壁邻居也就是橘子主人的同意，随便摘人家的果子本就是很不礼貌的行为。

我们走进李书记家时，一位老人正站在厅里迎接。这位老人我认得，就是前些日子我在江边采访过的刘臣松。当时他在江边钓鱼，一人一竿，芦苇做伴，看见我来，和我聊了很久。他是李春梅的公公，每天都在江边钓鱼打发时光，垂钓是他唯一的爱好。听说家里吃的鱼都是他每天从长江里钓上来的，小鲫鱼、黄骨鱼、小鲹鱼都有，全是小杂鱼，钓到什么鱼就吃什么鱼，没个定准。

在李春梅的家里，眼光所到之处，都非常干净、整洁，家具摆放得整整齐齐、井然有序，和白水港别的渔家、农家一样生活有条有理。说实话，我在白水港村采访多日，去过多户人家，发现这些渔民家里都拾掇得干净、整洁。据说，村委会的干部经常到渔民家里检查卫生，合格者表扬，卫生差、收拾能力差的人家要点名批评。

我非常想弄明白，过去那个破烂、贫穷的渔村，是如何用十几年的时间建设成为花园乡村的？这当中的玄机是什么？谁是推动者？

这个推动者，应该就是此时坐在我对面的女子——李春梅书记。

李春梅，出生于 1971 年 12 月 28 日，高中毕业。在家种田的她，经媒人介绍，于 1991 年嫁到白水港渔村，和一个当汽车司机的小伙子结婚，组成了一个和谐的家庭。娘家离婆家并不算远，李春梅从小就知道白水港渔村的情况，听说白水港渔村很穷，比娘家的村庄穷多了，而且打鱼的人被社会上的人蔑称为“打鱼佬”。

但她还是心甘情愿地嫁到白水港渔村来了，好像冥冥之中注定的一样，这一辈子要牢牢地扎根在长江岸边的渔村里，和渔民们打一辈子的交道。

做了白水港渔村的媳妇之后，有高中文化的李春梅，被尊重文化知识的村民们推荐，当上了白水港小学的赤脚老师。站在三尺讲台上的她，尽心尽力地向渔民的孩子传授着课堂知识。虽然赤脚老师的工资非常低，而且还不能及时发放，但她很珍惜这份教书育人的工作：她把每一个课时计划做得很细致，把每一堂课都上好，把每一本作业都批改好，把每一个孩子都教育好。

经过几年的辛苦教学，李春梅老师受到了上级主管部门的表扬，年年都被评为优秀教师。她还光荣地加入了中国共产党。

1996 年 10 月白水港村换届之后，新当选的党支部书记郑大华和委员刘臣海、鲁芝秀等人商议，想从本村挑选一名优秀的青年，进入村委会进行后备人才培养。他们用伯乐相马式的眼光，相中了村小学口碑很好的青年教师李春梅，觉得她有发展前途，知根知底，可以重点培养，于是未经选举，将李春梅的情况报告给枝城镇政府，由镇政府下文，任命李春梅为白水港村共青团书记、科技副主任。

一个月后，李春梅从教师岗位调到了白水港村，任村委会团支书和科技副主任，兼任会计。

当时的白水港村，村民大多亦农亦渔。耕作的稻田是在一大片沼泽地上围垦出来的，土地肥沃，稻谷年年丰收；未围垦的湖面仍是鱼虾的乐园，是村民们捕鱼捞虾的好去处。很多村民既要种田，又要打鱼，他们有打鱼的传统。

尽管村民们有种田打鱼的谋生手段,但白水港村仍然是个贫困的地方,生存条件非常艰苦。经过新任班子和村民们的共同努力,白水港村的面貌发生了很大的变化,村民们开始走上富裕的道路。他们借助国家的好政策,从别的地方拉来泥土,回填低洼的地方,建起成排的新房,致力打造一个新型的乡村样板,彻底改变农村的落后面貌。

1997 年,白水港村由于变化大、面貌新,被枝城市委、市政府评为“小康村”。这一年,枝城市委、市政府还授予白水港村“先进民兵连”“少生快富示范村”的荣誉。这三个荣誉称号,让昔日贫穷落后的白水港村一下子出名了。只是很多人都觉得奇怪,白水港村是如何在短时间内发生了巨大变化的?

新的村委班子焕发出新的活力,白水港村在荣誉面前不骄不躁,乘胜前进,于 1998 年自筹资金 10 万多元,建设了全市第一条水泥公路,路长 1080 米,从西港路到西湖中学,最后直通白水港村。笔直的水泥公路从村中穿过,羡煞了隔壁村的人。人们和车辆行走在这条路上,一种幸福感油然而生。

接着,白水港村又与银河公司联合新建了白水港村综合大楼,由白水港村出地,银河公司出资。大楼建成后,一层由白水港村集体所有,二至五层由银河公司对外出售,从此翻开了村企合作共赢的新篇章。

二十多年后,我看到这幢大楼的顶层写着两个行书大字——渔港。我问白水港的老渔民,他们说这幢大楼的二至五层全部被白水港村收购了,村里拥有整幢大楼的所有产权。

1998 年,白水港村虽然遭受了特大洪水的袭扰,但还是被枝城市科协评为“科技示范村”,被枝城市委、市政府评为“文明单位”。

有了致富奔小康理念的白水港人,于 1999 年 8 月筹建了一个建材市场,开始走出务农、打鱼的传统生存模式，走上了经商致富的道路。

这一年，白水港村换届，工作积极肯干的李春梅进入村委任职，任党支部委员兼村妇女主任。

2001 年，实行合村并组，白水港村和白水渔业村、农科所合并，成立临时工作班子，村党支书为郑大华，村筹备委员会主任为沈明星，成员为刘泽奎、刘臣海、李春梅、江代香、王友弟。

合并后的白水港村，人多了，地盘大了，致富的愿望更高、更强烈了。2002 年，政府批复成立“宜都市白水港工贸有限责任公司”。一个历史上以农业、渔业为主体的乡村，不安于现状，开始以公司的名义进军商业帝国。这种大刀阔斧的改革是非常需要勇气的！白水港人走在了时代的前列。

2005 年 10 月、2008 年 10 月、2011 年 11 月的三次村委换届，进入中年的李春梅，已经在村民的选举中走到了前面，成为村党总支书记的得力助手，村党总支书记为郑大华，委员为李春梅、沈明星。村民委员会换届选举，村民委员会主任为郑大华，委员为刘义、李春梅。

2014 年 5 月的一个平常日子，白水港村的会议室里很热闹，党员们聚集在一起，准备选举他们心目中最值得信赖的村党总支书记。作为宜都市委连续多年表彰的“先进基层党组织”，枝城镇党委对这次的换届选举特别重视，也特别慎重，希望能选出一位不负众望的领头人，继续带领白水港一百多名共产党员，在致富奔小康的道路上闯出新的天地。投票结束后，唱票的人始终念着一个名字——李春梅。

李春梅最终满票当选白水港村党总支书记，翻开了村委历史上新的篇章，白水港村一位年轻的女书记出现了。同时，白水港村民委员会换届，李春梅仍旧满票当选村民委员会主任，和委员刘义、李维一同管理白水港村。

这一年，李春梅四十三岁，具有十多年村级管理经验的她，羽翼已经丰满,深受村民喜爱。在热烈的掌声和祝贺声中,她将用钢铁般的肩膀,挑起白水港村未来建设和发展的大梁!

李春梅走马上任仅仅一个月,就开始对白水港小学进行维修改建,她多方筹集资金,用于学校教室和办公室的改建工程。她对这所小学是有深厚感情的,对老师和孩子们也具有深厚感情。在教育方面的投入,她很舍得。再穷不能穷教育,再苦不能苦学生,教学环境急需改善,是她当初做老师的深切感受。所以她任村支书、村主任后的第一件大事,放在了白水港村的教育上。

2015 年,李春梅为了在白水港村奉行孝道,保障老人们晚年老有所乐,从村委会有限的资金中,拿出钱来把原来的加工厂改建为“村老年活动中心和图书室”。老年活动中心建起来后,老人们有了娱乐的地方,过去打牌赌博的现象,现在少多了。精神文明建设取得了不错的成效,村民们家庭更加和谐了。

对一老一少的倾力投资,让人们看到了干事有魄力的李春梅不同凡响,也看到了他们选举出来的“女当家”富有爱心。

2016 年,白水港村在李春梅书记的带领下,举全村之力维修窑湾河路 300 米、小湖段 200 米,改善了白水港村民的出行。因为维修的道路离农户的住房近,无法使用机械设备,只能发动群众用肩挑背扛的古老方法进行。紧接着,村里又对大堤的道路两边进行加固加宽,进一步完善了白水港村的基础设施。这些都是让百姓叫好的民生工程。

2017 年,在创建全国文明城市活动中,李春梅书记积极响应上级的号召,全面协助配合文明村的创建工作,扮美扮靓昔日脏乱差的白水港渔村,把家乡建设成一个旅游景点式的渔村,要让外地人彻底改变对渔村的看法。

这一年,她还相继做了几件大事:一是按组织部门的要求,维修了村办公楼，建设“党员群众服务中心”；二是按照长江生态环境保护的要求，全面开展长江岸线的复绿工作，协助按时完成本村段面的工作；三是筹办宜都市第十一届农民读书节示范农家书屋，提升白水港渔村的文化品位；四是利用工作之余的时间，带领村民们积极跳广场舞健身，并在宜都市广场舞大赛枝城赛区获得三等奖殊荣。

2018 年，是白水港渔民最难忘却的一年。国家的一声号令，让世世代代捕鱼的白水港渔民，告别捕鱼生涯，拖船上岸，另谋生计。从这一年的 1 月 1 日起，长江流域 332 个水生生物保护区率先启动禁捕，长江中华鲟自然保护区宜昌段禁捕。白水港村的 186 条渔船、360 个专业渔民，将从长江水中抽身，共同维护长江这个赖以生存的美丽世界，让鱼虾休养生息。

这是一道 100 分的选择题，白水港村的领导在做这道题时需要考出满分。一生只会打鱼的渔民，突然不能打鱼了，他们的生活怎么办呢？他们的未来如何安排？这的确是一道难题，让年轻的李春梅书记陷入了两难境地。

李春梅书记和村委班子领导一起，仔细分析和研究了禁捕的重要性，对渔民上岸后的困难和问题进行了逐一摸排，用一年的时间安排好了渔民们的生活，于 2018 年底完成了渔船回收、渔民上岸任务，彻底告别了“江湖生涯”，结束了白水港 240 多年的渔业捕捞史。

可喜的是，在李春梅书记、刘义主任的引导下，白水港退捕渔民刘成奎、刘清等人成了长江巡护队员。他们穿着红色的救生衣，手臂上戴着巡护员的袖箍，拿着高音喇叭，驾驶着巡护船只，协助渔政监察部门在长江上巡查，宣传禁渔的政策和好处。

每当有人到白水港村来采访调查，李春梅书记总是高兴地说：“白水港村是宜昌市唯一的一个专业渔村。退捕时，村里有捕捞许可证的渔船 186 条、渔民 360 人，2019 年 8 月全部完成了渔民退捕资金的发放。2020 年 8

月，在宜昌市渔政监察支队和宜都市水产中心的支持下，白水港村完成了全部渔民上岸转产的安置工作。122 人达到了退休年龄，可以每月领取养老保险金或新农保、生活补贴，实现单位就业 108 人，自主创业就业人员 142 人，2 人安排了护渔公益岗位，2 人考上了公务员和事业编岗位。”

是啊，有什么事比让全村渔民得到妥帖的安置更让人高兴的呢？作为白水港村党总支书记、村委会主任，李春梅将天下第一难的吃饭问题解决了，渔民们得以安居乐业，幸福快乐地生活。她用高效而具有针对性的工作方法，让渔民们华丽地转身，这是多么富有意义的事情啊！

因为有一个好的村委班子的正确领导，有一个全心全意为村民办事的好支书、好村主任，白水港渔民的生活发生了巨大的变化。他们不用再风里来雨里去地艰辛度日，生活终于苦尽甘来，幸福指数不断增长。

有人感叹：“白水港的渔民有福气，有一个好媳妇李春梅，她能干，心肠好，心里想的是大家，帮的是大家，没有落下哪一家。这样的好媳妇，谁不喜欢呢？”

有人对我说，李春梅办事公正合理，村里人都服她。有一个小故事最能说明问题：为了改变村容村貌，村里要修建一条沿江绿色观光道，几公里长的道路要占用很多户渔民家的菜地。经过丈量画线后，李春梅和刘义等村委的领导上户做工作，请渔民们无偿献出自家的菜地。大家以为这个工作很难做，因为对于寸土寸金的渔民村来说，每一块菜地都非常宝贵。

但是，李春梅带着大家做工作时，都是高高兴兴地进去，又高高兴兴地出来，竟然没有一户人家不肯让出菜地。他们都说：“李书记，你们放心。我们一定支持村委的工作，废掉菜地都是为了村里好，我答应让地！”

最后，村委给无偿献出菜地的人家每亩 2200 元钱的青苗补偿费，村民们都乐意接受。要知道，这点补偿费，按照现在的菜价，连几百斤蔬菜都买不到，更别说以后再也种不了菜了。

几公里长的绿色观光道建好后，每天清早和傍晚，白水港村的老老少少都喜欢在上面散步，一边舒展着身体，闲庭信步，一边观赏着长江上美丽如画的风景，一边听着浪花拍打江岸发出“哗哗”的美妙音乐。谁都会陶醉在现代新农村的新景色中！

还有一个亲民互爱的故事，让人很感动。说的是李春梅书记有一次端着饭碗，一边吃一边发会议通知，不论走到哪一家，家里的老人都要给李书记夹点儿菜。结果走了大半个村子后，她碗里的菜堆得老高，肚子里也被菜塞满了，她再也不敢端着碗发通知了，只好把饭碗先送回家再返回来发通知。

有一天，李春梅过生日，本来家人想为她庆生，没想到那天村委有事，特别忙。直到晚上9点多，她都没有回家，搞得公公婆婆、丈夫和儿子儿媳都在家等着。前来办理退捕补偿费的渔民，知道李书记忙得没空回家过生日，就悄悄跑回家，拿来饼干和苹果，祝她生日快乐，把李春梅感动得眼泪都流了出来。

金杯银杯不如老百姓的口碑，老百姓对村干部的高度评价就是最好的口碑！李春梅用她的拳拳之心，时时处处为渔民们办事，深受村民们的喜爱。她就是白水港渔村美丽的天使，渔民们的贴心人。

第二十四章

渔民赶上了最好的时光

2020年,白水港村向外界传递出一个令人惊喜的信息:白水港村的精准扶贫工作全面完成,全村22户56人精准脱贫!这个信息告诉所有人,白水港渔村已经没有特困户了,过去苦难连连、命运多舛的白水港渔民,真正过上了美好的生活!

历史不堪回首,未来尤可期待!

曾经靠捕活的、吸沉的、捡漂的、捞死的过日子的白水港渔民,终于在国家的利好政策下,渡过了人生的暗河,走上了充满阳光的康庄大道!

刘义主任告诉我,白水港渔民曾经想尽法子挣钱,都没能让生活好起来,总是过着紧巴巴的生活。他们用网和钩捕鱼到城市去卖,换回一家人的柴米油盐,这叫捕活的;用强力磁铁吸起江底的破铜烂铁,挑到废品收购站去卖,贴补家里的开支,这叫吸沉的;用捕鱼之余的空闲时间,在长江上捡拾丢弃的塑料瓶子,拿到废品回收站去卖,给孩子买笔和作业本,这叫捡漂的;用网在江里打捞溺水者的尸体,接受溺水者家属给的打捞费,作为家里的额外收入,这叫捞死的。

这么勤勉的白水港渔民们,却祖祖辈辈生活在艰难困苦之中,岸上没有居住的房屋，一条渔船撑起一个家，走到哪里都被人瞧不起，被人叫作“打鱼佬”，风吹日晒的黝黑脸庞是抹不掉的印记。

而现在呢？只要是走进白水港渔村的人，都会看到：渔民人家的楼房沿着长江南岸渐次坐落，二层小楼、三层楼房、四层洋房，竞争着，媲美着，像雨后春笋一样拔地而起，好像大城市里建成的规模庞大的别墅群；沿着长江岸线铺出的一条2.2公里长的绿色观光道，像一条从空中飘落下来的彩色丝带，缠绕着白水港渔家美丽的洋房屋舍！

谁不觉得这里充满了传奇色彩呢？难道亘古不变的滚滚长江真能演绎神话传说？

弃船上岸、不再打鱼的白水港渔民，转产是一次生活方式和生产方式的重大转变，也是一种十月怀胎后即将临盆式的阵痛。但是，他们在党和政府的领导与关怀下，毅然改行，从事新的职业，由“打鱼佬”华丽转身成为企业的“打工族”，挣着每月按时发放的工资收入，比打鱼挣的钱多，而且没有风吹雨打，没有身处江湖的危险。

说到打鱼的危险，六十六岁的李启英就不禁全身发抖，她说：“禁捕了，不打鱼真好，再也不用提心吊胆了。两年前，我和老伴还在江上打鱼，一起风我就心跳加快。”1985年，李启英和丈夫一起打鱼，一岁半的儿子不小心掉进了江里，连踪影都不见了。李启英并非第一次承受亲人被江水吞噬的痛苦：1978年10月，她哥哥一家三口在打鱼时翻船身亡。

渔民鲁必华回忆说：“我前些年打鱼和打零工的年收入只有2万元左右，上有年逾古稀的父母，下有读小学的孩子，每月生活费上千元，这点儿收入只能勉强解决温饱问题。”

白水港的渔民退捕之后，经村干部和企业牵线搭桥，有十多个渔民在宜都市仝鑫精密锻造有限公司上班，没有一个人因为不能胜任而遭企业退回。

勤劳的白水港渔民，非常珍惜这来之不易的工作岗位，每天上班勤勤恳恳，吃苦耐劳，不懂就虚心向工友们学习，很快适应了新的工作环境，成了工厂里的合格工人。

五十四岁的王长春和妻子退捕后，一起在这家工厂打工，两人每月都能领到六千多元工资，另外年终还有奖金。企业还按规定给他们买了五险一金，和别的工人享受着同等待遇。

退捕渔民刘爱学被介绍到华新水泥宜昌公司上班，工资待遇不错，前年还买了一辆大红色的轿车，在村里成为佳话。

解决了温饱的渔民兄弟，腰杆挺直了，心里顺畅了，没有了生活压力，于是像城里人一样追求起时尚和新潮流来。他们不再畏畏缩缩地过日子，而是活出了生活的美好。

刘泽刚夫妻俩有摆摊经营的头脑，退捕后，向亲戚朋友借了笔钱，在枝城镇环城大市场开了一家水果店。他们用热情好客、足斤足两的好名声赢得了市场，每天都顾客盈门，两年时间就赚到了第一桶金，一年的收入胜过十年打鱼的收入。一家人的生活得到了极大的改善，在村里提前过上了小康生活。

像这样的人和事还有很多，如果把一个个列出来，得写满好几张纸。宜都市农业农村局的领导对记者们说，党和政府对退捕渔民的保障是很充分的，除了给渔民提供工作岗位和就业机会，各项补助全部落实到位，还将渔民纳入了失地农民的养老保险。枝城镇的经济发展得不错，能够提供足够的就业岗位，为渔民的发家致富提供了机会，也解决了渔民的生计和养老问题。

上岸后的渔民兄弟，尽管已经不打鱼了，但打鱼的情结还在，打鱼的回忆还在。突然之间见不到渔船、见不到渔网和渔钩，他们难免会产生一种失落感，而且为了让子孙后代对父辈的打鱼经历有所了解，白水港村领导在长江生态保护协会的资助下，于村委会后院建成了“渔民驿站”和渔具陈列室。

陈列室里，展示的全部都是渔民们捐献的渔船、渔网等渔具，还有各种捕捞工具，展现了渔民过去的生活和退捕上岸的历程，让渔民们的乡思乡愁有了一种精神寄托。八十九岁的老渔民刘先向，满脸皱纹，身体佝偻，行动不便，经常拄着拐棍，颤颤巍巍地来到村里的陈列室和渔民驿站，静静地待上一会儿，抚摸着那条六十多年的渔船，像是找到了精神慰藉一样，脸上露出会心的微笑，然后又慢慢地走出门去，渐渐消失在村庄的远处。

刘先向是目前村里年龄最大的老人。他十二岁就跟着家人打鱼，父亲撒网，他划船；后来长大了，他撒网，父亲划船。陈列室里，有一张泛黄的老照片，那是他一家六口人在渔船上的合影。老人回忆说：“早年间，渔民们都是上无片瓦下无立锥之地，一条木船一个家，船头吵架船尾拉；栽架子屋绑架子床，大水一来就要去逃荒。”

老人的眼里，常常有浊泪在眼眶里打转转。

在白水港村东边的江滩朝阳广场上，也摆放着两条渔船。船上的桨还在，锚还在，竹篙还在，雨棚还在，只是船底不再有长江的浪花拍打着，而是由无数的鹅卵石托举着，碧绿的草地簇拥着。黑色的船体成了公园里永久的景观，江风的温柔吹拂替代了当初的桨声欸乃。三只活灵活现的白鱀豚雕塑，像三个可爱的渔家孩子，环绕在渔船的周围，天真可爱极了，好像渔爸爸渔妈妈在和它们做着捕鱼的游戏。

退捕后的白水港渔村，结合长江岸线生态修复工程，新建了绿道、广场和亲水平台，全面改善了白水港村的人居环境，吸引了远去很多年的长江江豚，如今它们都成群结队地赶来江边凑热闹、看稀奇，参加歌舞升平的人间晚会。它们跃出水面，露出圆圆的头和光滑的身体，挑逗得万千小鱼像爆谷花一样跃出水面，一同好奇地观看白水港村的巨大变化。

从 2021 年 1 月 1 日零时起，长江流域重点水域开始实行十年禁渔，二十多万长江职业渔民告别了江湖捕捞。当他们都在急着寻找新的工作岗位时，白水港的渔民却早在两年前就已经转产换岗了，比别处的渔民提前两年完成了新的角色转换。这是很迅速、很华丽的转身，给沿江渔民带了个好头。

白水港村的李春梅书记说："我们村 300 多个退捕渔民中，达到退休年龄的有 105 人，在企业单位就业的有 108 人，灵活就业的有 143 人，每个人都有了挣钱的门路。以前，他们隔三岔五地找我反映生活困难，现在有钱挣了，都忙得很，没有时间闲逛。如今，他们的生活有了保障，村里的矛盾也少了。"

在白水港渔村，大家最高兴填的一张表格，就是渔民退捕上岸资金补助申请表。全村 186 户专业、兼业渔民，每户补助 10 万元到 17 万元不等的现金。专业渔民、兼业渔民、渔船网具的价值大小，都有细致的评估和分类，渔民们都得到了公平合理的经济补偿。

国家没有忘记渔民，没有亏待渔民，用优厚的待遇——令人羡慕的一沓沓现钱，让渔民过上了美好的生活，这绝对只有社会主义中国才能做到！

在白水港村渔民驿站，宜都市农业农村局局长施春燕在退捕经验交流会上激动地说："渔民转产上岸被认为是难中之难的事情，可白水港村为什么进行得这么顺利呢？这不光是政府部门的功劳，主要还是渔民们对长江大保护的认识很到位。这里的渔民都很淳朴，而且素质高，心理上都很支持国家的做法。此外，党委政府在政策上做了充分的保障，除了各项补助落实到位，还将渔民纳入了失地农民养老保险。现在每家基本都有一人买了保险，到年龄后每月能领一千多元。解决了渔民的养老和生计问题，禁渔当然就轻松了。”

白水港村成了宜都市落实“禁渔令”的一个缩影，按照“不落一船、不落一户、不落一人、无一差错”的标准，引导渔民上岸转产，做到了应保尽保，同时通过举办退捕渔民专场招聘会、免费就业培训等方式提高就业率，确保上岸渔民“退得出、稳得住、能致富”，所以，白水港渔民才有了今天的幸福生活，他们真正感受到了国家的强大！

很有意思的是，退捕上岸的白水港渔民，不但生活水平提高了，生活质量提高了，他们还把文明的风气引进了村里，学习怎样做一个新时代的文明人，扎扎实实地过好自己的日子。在村委会的领导下，渔民们把反“四风”的矛头直指人们深恶痛绝又奈何不了的人情风，实施“狠刹人情风、厉行节约”的主题实践活动。村口、路边到处都张贴着抵制人情风的宣传标语，一股淳朴的农村新风像和煦的江风一样吹来，令人身心愉悦。

白水港村先后通过宣讲《公开信》和《村规民约》的形式，对村民操办宴请事宜进行广泛宣传和规范。《村规民约》规定，村民凡举办设宴事宜，必须先向村委会申报，并对设宴人数及规模进行限定：

一、除婚、丧、嫁、娶宴请外，其他宴请只能邀请亲戚参加；

二、党员不得出席违规宴请；

三、低保户举办违规宴请的，建议民政部门取消其低保资格；

四、普通群众举办违规宴请的，不能作为贫困户照顾，不能评先进，不能入党；

五、凡有违规者，利用村广播、公开栏进行公开曝光！

村民李从宏是规定实施后第一个到村里申报办宴规模的人。对于节俭设宴，她十分赞同。事后，她乐呵呵地说：“操办宴席本来就是既浪费金钱又耗费精力的事。上个月我家为孙子举办满月酒席，就只请了亲戚小规模地热闹了一下，省了钱，还省了精力，很划得来。”

有一天，渔民王秉法一大早就来到村民服务中心，向村委会汇报女儿五一劳动节结婚的情况。他算了算家里的亲朋好友和村里邻居的人数，准备办五十多桌的喜宴。经过村委会的介入和劝导，他表示放弃大操大办，文明举行孩子的婚礼，不铺张浪费，而且带头不收红包，亲朋好友和村邻的红包一律不接。

白水港村的刘义主任说：“在狠刹人情风的活动中，村里从实际出发，既严格按规定办事，又保留传统的人情味儿。对于正常的婚丧嫁娶，村里并不反对按传统习惯操办，但对大操大办、铺张浪费的行为是坚决反对的。村委会制定了相关的规定和措施，逐步落实，常抓不懈，并鼓励群众举报，建立奖惩机制和监督管理的长效机制，逐渐刹住了越来越凶猛的人情歪风，让淳朴的民风吹遍白水港。”

最为新奇的一件事情是：白水港渔村的渔民一夜间变成了股民，每年年底都可以领股金分红。

在向建党一百周年献礼的时候，白水港村举行了首届股金分红大会。一个个渔民抱着一捆百元大钞，美滋滋地往家走去的样子，实在让人忍俊不禁，他们的皮肤虽然还很黑——打鱼佬的标签还挂在脸上，但他们充满自信的脚步却踩得敦实厚重，脸上露出了骄傲和自豪的神情。昔日的打鱼佬，今朝的分红人，谁不骄傲？谁不自豪？

在股金分红大会上，白水港村为 2054 名社员股民发放分红 12 万元，平均每股 1.5 元。这些股份分红，是由白水港村股份经济合作社赚来的，该合作社于 2019 年 8 月正式挂牌成立。2020 年，白水港村的集体经营收入达 42 万元；2021 年，村集体经营收入超过了 55 万元。

村支书李春梅说：“我们的股金来源于集体经营性资产的发包，其中包含厂房的发包、场地的发包，还有门面的出租。接下来，我们打算盘活目前现有的经营性资产，不断发展壮大集体经济，让全村每一个股民都能够得到更多的分红。”

村集体经营赚到的钱，不是被村委会截留挪用，而是每年按股分红发给村民，让每个村民感受到党和政府的富民政策，让村民享受到实实在在的集体红利，这是多么好的事啊！难怪有人感叹：“我们渔民真是赶上了最好的时光！”

第二十五章

青山横北郭　白水绕东城

我在白水港渔村采访期间，有个老渔民很神秘地对我说："林先生，你知道吗？一千多年前，有个大诗人到过我们这里。"

我惊讶地问："谁呀？"

"李白呗！"

我又问："你怎么知道李白到过这里？"

"我听私塾的老先生说的，他说李白不得志的时候，到处去散心，有一次在蜀国坐上了商船出游，从长江上游来到了白水港这里。因为风太大，商船只好在白水港停留了下来，这一停就停了好多天，老是开不了船，船上吃的东西都没有了，船工和李白只能舀长江里的水喝。那时候白水港这里有很多人家居住，有城府有村庄，但由于天下不太平，长江两岸连年征战，民不聊生，老百姓饿死的饿死，逃难的逃难，很多村庄都是十室九空。饿了几天的李白，看着与他分道扬镳的友人，悲愤之中写下了一首诗《送友人》……"

"什么？李白《送友人》的诗是在这里写的？就在白水港吗？"

"当然啦！"

我们两人几乎同时吟诵起李白的《送友人》：

青山横北郭，白水绕东城。

此地一为别，孤蓬万里征。

浮云游子意，落日故人情。

挥手自兹去，萧萧班马鸣。

我似乎真的看到李白站在船头上，久久地看着远方，和他一起出行的朋友，因为受不了孤寂和饥饿，跳下商船，背着包袱独自走向了远方。临别的时候，朋友对李白苦苦相劝："跟我一起走吧，寻一个州府谋个官差去，结束这漫无目的的行走。我们都要生活在现实当中，靠写些诗是当不了饭吃的。"

李白摇了摇头以示拒绝，他需要的不是仕途，而是诗和远方，是踏遍千山和万水，是把酒言欢、纵情放歌。

好朋友走了，走向了山重水复的远方。李白眼里满含着泪水，随口吟出："青山横北郭，白水绕东城……"他迎着呼啸的长江飓风，脚下的白水港翻卷着巨浪，不停地摇晃着泊岸的商船，让李白心里五味杂陈。万里长江要挽留他在一个陌生的地方躲避风浪，古老的白水港让他成为一个孤独的他乡之客。如今能陪他说话的好朋友要走了，他只好与友人揖别于陌生的白水港！

白水港啊，请你告诉我，李白真的来过这里吗？这首《送友人》的诗真的是在这里写的吗？如果是真的，那白水港就非同凡响了，白水港渔村的文化底蕴就太厚重了！

后来，我查阅了宜昌市当地的志书，还真看到了许多志书把李白的《送友人》首选其中。"青山横北郭，白水绕东城"就成了白水港的金字招牌，因为诗里有白水这个地名啊。

在李白的人生简历中，他确实在二十四岁时离开故乡而踏上远游的征途，先游成都，后舟行东下至重庆，然后“仗剑去国，辞亲远游”；二十六岁时乘船经长江到达江苏扬州。在千里长江之上，潇洒不羁的李白很可能就在宜昌一带停船上岸，四处郊游。而白水港就在长江岸边，一条长汊三十余里，很可能李白慕名而来，溯港而上，去大山探秘了一番。

二十八岁那年，李白从安陆再次乘船畅游长江，到达江夏与孟浩然相会于此。江夏就是今天的武汉，李白和孟浩然在这里很可能唱和诗词，因为他爱武汉，便给武汉取名江城，《送友人》是不是他赠给孟浩然的诗呢？诗中的白水意指长江的水清澈透明啊。

公元755年，安史之乱爆发，已经五十五岁的李白与妻子一道南奔避难，从金陵沿长江西上，入庐山屏风叠隐居。

可考证的是，李白五十八岁时，从浔阳乘船出发，开始长流夜郎，妻弟宗嫌相送。春末夏初，途经西塞驿（武昌县东，今属武汉江夏区），至江夏，访李邕故居，登黄鹤楼，眺望鹦鹉洲。秋至江陵，冬入三峡，回归到了他人生的起点。

一生当中，李白在长江上来来往往许多次。那时候出行必坐船，远行必须经过长江。连李白的死都极富浪漫色彩，在长江上饮酒，“因醉跳入水中捉月而溺死”。他把魂魄永远留在了长江之中，也把许多描写长江的诗留给了千秋万代！

我宁可相信李白的这首《送友人》就是他在白水港写的，就是他留给白水港子孙后代的一笔精神财富，因为在后来的漫长岁月里，先后有许多诗人在白水港留下了诗作。如唐朝杜甫的《人日·过枝江》：

元日到人日，未有不阴时。
冰雪莺难至，春寒花较迟。
云随白水落，风振紫山悲。

蓬鬓稀疏久，无劳比素丝。

又如明朝的胡容写的《晚至枝江阻水》：

渺渺烟江天际头，寒城寂寞枕沧洲。

潮平古渡痕新露，树压中流势欲浮。

白水随云悲老杜，紫山落日叹炎刘。

虚檐红映芭蕉雨，相对榴花开晚秋。

明朝诗人杨琚也有《状宜都诸景》的诗存世，其中就有一首这样赞美白水港：

邑治枕长川，居民适成聚。

清江绕东流，白水犹回互。

清朝著名诗人钟彝也在白水港留下了文字和景色同样美丽的诗篇《白水晓渡》：

漠漠垂杨白水边，渡头人到立寒烟。

听筹未尽蛤蟆点，抱布争投蚱蜢船。

破浪中流双桨急，济人彼岸一帆悬。

风波喜近停篙处，旭日初升若木颠。

最能说明问题的是，清朝有个诗人叫王永彬，他不想当官，不爱热闹，隐居在白水港渔村里，过着深居简出的生活，有兴趣就写写诗，是个真正的江湖隐士。有一天，他兴致来了，一气呵成地写了一首《幽居》的诗，记录他在白水港渔村的清静人生：

唤作人间百不能，悔因涉猎太纷乘。

废书每觉情难适，阅世深知理有凭。

物外闲怀如白水，座中益友是青灯。

林泉踪迹烟霞癖，自号宜山旧已曾。

这个王永彬，到底是白水港渔村人，还是从外地来到白水港渔村隐居的？史料中没有任何记载，也没有人能说得清楚，始终是一个未解之谜。不过，既然他在白水港渔村留下了一首《幽居》的诗，那他就是白水港渔村的村民，是白水港美丽的山水养育出来的诗人。

白水港渔村，因为有多个朝代的诗人涉足其间，留下了多首描写“白水”的诗，因而有更多的文化内涵。

后　记

2021年1月3日，阿拉善SEE鄱阳湖项目中心携手湖北省长江生态保护基金会，前往位于鄱阳县的鄱阳湖江豚保护区，对联合保护项目江豚进行实地考察调研。我有幸以江豚保护志愿者的身份受邀参加，同行的几十人乘坐渔政快艇在南鄱阳湖上航行，和优美的大自然舞蹈艺术家——江豚近距离接触。人和江豚、候鸟就像一家人团聚在一起，其乐融融，美不胜收。

在一天的活动中，我很荣幸地认识了湖北省长江生态保护基金会副理事长王利民、长江生态保护基金会江豚项目部部长王大林、长江生态保护基金会项目官员吴逸云。在交谈中，王利民理事长得知我刚写完长篇散文《鄱阳湖的微笑》，就很高兴地邀请我就长江生态保护写一部报告文学作品，我爽快地答应了邀请。

九个月后的一天，王利民理事长打来电话，请我于9月9日到宜昌市集合，参加宜都市白水港渔村的采风活动，我欣然前往。在白水港的采风活动中，我发现这个渔民驿站是个新鲜事物，有丰富的素材可写，于是想留下来深入生活，了解渔民的历史和现状。

王利民理事长非常支持我的想法，让我留了下来，并和白水港村的领导进行了对接，妥帖地安排好我的吃住行，甚是细致。阿拉善SEE生态协会长江中心宜昌分中心主席、鑫鼎集团总经理、长盛川青砖茶制作技艺第十九代传承人何建刚先生为我在白水港的采访提供了很大的帮助，委托该集团综合部部长黄聃聃多次安排我的采访用车，接送都十分方便，在此谨表谢意！

之后的许多天里，我住在渔民家的空房子里，白天采访，晚上整理采访笔记，忙而快乐。白水港村的李春梅书记、刘义主任、郑振震委员对我非常关心，不但安排好了吃住，还每天安排几个渔民和我座谈，使采访进行得很顺利。

回到九江后，我从9月17日便开始闭关创作。2022年1月2日，书稿杀青。我用三个半月时间一气呵成地写好了这部作品，随后对作品进行了补充采访和润色修改，二稿在一稿的基础上增加了一个章节。我为湖北省长江生态保护基金会、为白水港渔民交上了一份充满真情实感的答卷，期待各位领导和专家对本书稿进行斧正。

真诚地感谢所有关心我、支持我、鼓励我、资助我创作本书的领导和专家们！我将不遗余力地继续创作有关长江、鄱阳湖水生生态保护方面的作品，因为我就是在鄱阳湖出生长大的一条鱼、一头江豚、一只候鸟、一棵小草！

林德元

2022年3月27日